落雷と祝福

「好き」に生かされる
短歌とエッセイ

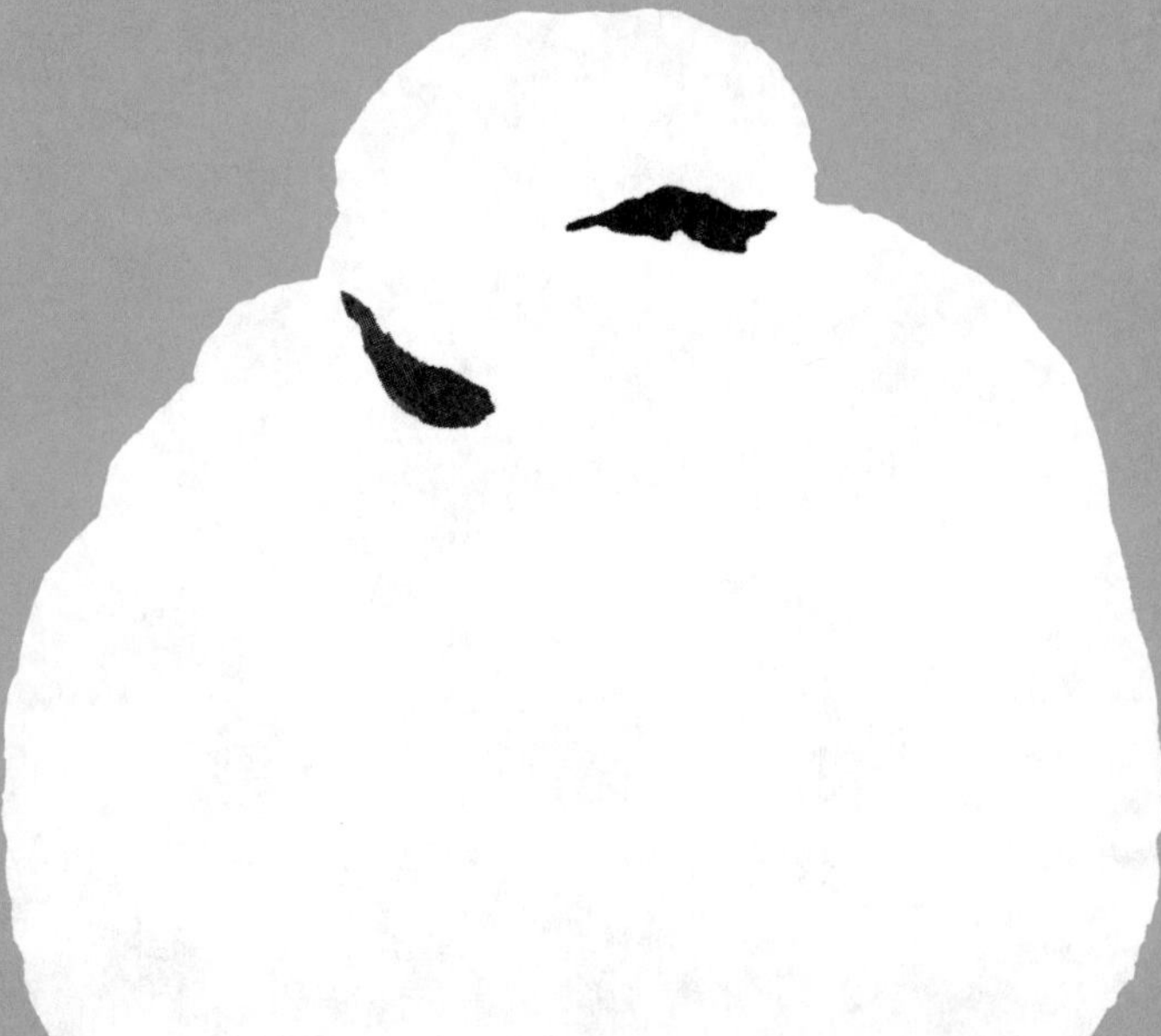

岡本真帆

朝日新聞出版

落雷と祝福

「好き」に生かされる短歌とエッセイ

岡本真帆

朝日新聞出版

はじめに

「なんで好きなのか一言で表すのはむずかしいよね」

漫画『A子さんの恋人』に、こんなセリフがある。『A子さんの恋人』は私の最も好きな作品の一つだ。何度も何度も、嚙み締めるように読み返すうちに、あるときふと、このセリフが気になった。

「好き」という感情は、私たちにとってとても身近なものに思える。でも、なぜ好きなのかを言葉にして伝えようとすると、意外と言葉に詰まってしまう。「なんで好きなの?」と尋ねられたとき、胸の辺りには熱くこみ上げる感情があるのに、それをいざ取り出して誰かと分かち合おうとすると、上手くいかない。そんな経験に、あなたも覚えがないだろうか。

そもそも「好き」ってなんだろう。改めて考えてみたくなり、辞書を引いた。

『新明解国語辞典』（第八版）にはこうある。

「自分の感覚や感情に合うものとして心が引きつけられ、積極的に受け入れよう（接し続けよう）とする気持ちにさせられる様子だ」

また、『大辞林』（第四版）には、こう書かれていた。

「心がひきつけられること。気持ちにぴったり合うさま」


気持ちにぴったり合う。そうか。「好き」という感情には、好きになった対象の魅力だけでなく、自分自身の気持ちや感覚に「ぴったり合う」感覚も含まれているんだ。つまり、「好き」について語るときには、相手のことだけでなく、自分の心の動きについても伝える必要があるということなんだ。

「好き」を一言で表すことが難しいのは、相手に自分の心の状態までわかってもらう必要があるからかもしれない。そもそも心の様子を理解するのは、たとえ本人であっても難しいことだと思う。「好き」に出会う前の自分のこと。出会ったことで何が満たされたのか。何が癒やされ、どう変化したのか。「好き」になったものがパズルのピースみたいに心にぴったりと合って、初めて、それまでの自分の心の状態がどうだったか見えてくることもある。

一言で表すのは難しいけれど、いろんな角度から言葉を尽くして「好き」についで考えるのは楽しい。「好き」な理由はすぐに説明できなくても、じっくり考えていくうちにだんだんヒントが見えてくる。最初は巨大な迷路に迷い込んだように思えても、歩いているうちにわかってくる。「好き」について考え、書くことは、自分の心の謎の一つを解くようなことかもしれない。

PUI PUI
モルカー

テレビアニメ（2021年放送）。監督・見里朝希。モルモットの姿形をした自動車のようなキャラクター「モルカー」の騒動を描く。そのドライバー（人間）も登場する。モルカーは羊毛フェルトで作られ、映像はストップモーションで制作された。運転にまつわる迷惑行為も題材になり、社会派な一面も話題になる。モルカーの声に、監督の家族が飼育するモルモット「つむぎ」さんの鳴き声が起用された。

https://molcar-anime.com/

きみは自由

通勤中勝手にとまるモルカーは桜並木を見上げるように

泥はねの白い毛並みに春は来てつめたい水の気持ちいい季節

神妙な顔して聞いてくれるけど鳴き声はぷい夜のドライブ

雑踏のなかの無数の声のなかあなたの声はあなたとわかる

行けなんて言ってないのに海に来てそんなに得意げに鳴かないで

この街は今朝も渋滞ぷいぷいが虹を見つける道の途中で

PUI PUIって発明だ

モルカーはかわいい。特に困っているモルカーはかわいい。渋滞のせいで病院に辿り着けず泣いている救急モルカーも、それを知らされて困り果てた顔をするポテトもかわいい。強盗に脅され、逃走車として犯罪に加担しなければならなくなったかわいそうなシロモには、ついつい感情移入してしまう。まさか車がモルモットになるなんて。本来人間に従順であるはずの車が、モルモットとして意思を持つことで生まれてしまう危うさに心を揺さぶられて、視聴者であるわたしたちはハラハラしたり、ほっとしたりしている。

そもそもモルカーとは一体なんなのだろう。モルモットなのに体は車のようで、内側は人間が乗り込めるような作りになっている。映画『バック・トゥ・ザ・フューチャー』をオマージュした回ではモルモットが進化してモルカーになったことが明かされているが、一体彼らはなぜこのような進化を遂げたのだろう。そしてどのようにして人間社会に浸透していったのだろうか。想像し始めると気になることばかりだ。

モルカーの世界の秩序が保たれているのは、どう考えても奇跡だ。もしもわたしたちの社会の車が全部モルモットで、それぞれが人間の意思とは異なる自由な考えと感情を持つ存在だとしたら、とんでもないことになっているんじゃないか。おそらく事故は絶えないだろうし、その事故の責任が人間に問われるのか、モルカーに問われるのかも気になる。他にも、モルカーの不法投棄や「老モルカー」の暴走事故なども社会問題になっていそうだ。問題のあるモルカーは、どこにいくんだろうか。歳をとって安全に走れなくなったモルカーは、どうなるんだろう。そんなことを一つひとつ想像し始めると、不安な気持ちが止まらなくなる。モルカーはあんなに健気でかわいいのに。頭の中にディストピアが広がり始めたときは、わたしは再び第一話から見直すことにしている。かわいい。今日もシロモが怯え、アビーが猫を救っている。よかった。どうかモルカーたちには幸せでいてほしい。

車をモルモットにしてしまおう、という普通では思いつかないような発想によって、心揺さぶるモルカーの物語は誕生した。でもそれ以上に最高の発明だと思うのは、制作スタッフが彼らの鳴き声に「ＰＵＩ　ＰＵＩ」というオノマトペを与えたことだ。

モルカーの声には、本物のモルモットの鳴き声が使われている。わたしはモルカーを視聴するまでモルモットの鳴き声を聞いたことがなかった。「もきゅもきゅ」とか「んきゅんきゅ」というようにも聞こえるけれど、見里監督はそれらを「ＰＵＩ　ＰＵＩ」と呼んだ。今では誰もが、モルカーたちの鳴き声を「ぷいぷい」として認識している。

雪が降る様子に「しんしん」というオノマトペがついているのはすごい。オノマトペには擬音語と擬態語があり、擬音語は鳴き声や物音を言葉で表現したもの、擬態語は物事の状態や様子を表現したものだ。「しんしん」は擬態語にあたる。まるで音もなく降る雪に音が与えられたように思える。無音の世界に音がつけられているのはなんとも神秘的だなあと、降りしきる雪を見るたび思う。今では当たり前のように使われている「しんしん」という表現が一度世界から失われたとして、再びゼロベースで考えつく自信はわたしにはない。それくらいわたしたちにとって「しんしん」は当たり前の表現になっている。

「ぷいぷい」も同じくらいすごいと思う。モルモットの鳴き声は、犬の「ワンワン」や猫の「にゃー」ほどメジャーではなかった。もしかしたらモルモット界隈ではもともと彼らの鳴き声は「ぷいぷい」として認識されていたのかもしれない。だとしても、そこまでの市民権は得ていなかったはずだ。モルカーの登場によって、この先の人生、わたしはモルモットの鳴き声は当たり前のように「ぷいぷい」として認識するだろう。人の当たり前になるような言葉を発明できるのは、世界の認識を変えることとほとんど同義だ。あのなんとも言えないかわいい声が、今となっては「ぷいぷい」にしか聞こえない。小さな彼らの話し声に、もっと耳を澄ませていたい。

シン・ゴジラ

特撮怪獣映画作品（2016年公開)。脚本・編集・総監督を庵野秀明が、監督・特技監督を樋口真嗣が務める。国内の興行収入82.5億円（2017年1月時点）というヒットを記録した。主人公は内閣官房副長官で、日本に上陸した謎の巨大生物の対策に奔走する。作中で、主人公が事務局長となり、専門的な知識をもつ曲者たちによる「巨大不明生物特設災害対策本部」（巨災対《きょさいたい》）を設置し、策を講じた。

http://shin-godzilla.jp/

銭湯のクロ

モニュメントとしての保存はないそうだ神の身体が解体される

選択肢としてあるけど選ぶなよ　第二形態真似る芸人

もう海は見えない街だ上陸を阻止するための高すぎる壁

たぶんここ銭湯があった場所だよねクロがつながれてた場所だよね

震度2の小さな揺れで思い出す真っ暗な地下鉄のホームを

ありえたもう一つの世界

奇声を上げる人に弱い。

俳優、芸人、アイドル、漫画やアニメのキャラクター。

どんな人物だとしても、その人が奇声を上げた瞬間に無条件でキュンとしたり、ほっこりしてしまう。いわば、奇声フェチというやつだろう。

「奇声」という言葉を新明解国語辞典で調べてみる。「普通の人には出せないような、かんだかい声」とある。わたしが好きなのは、普段は温厚そうに振る舞っている人による、安心安全が確保されているからこそ出てしまう変な声だ。

社会で生きていくにあたって、わたしたちは他人に害のない人物であることをアピールしなければならない。でも嬉しいとき、びっくりしたとき、思わず変なことを言ったり大きな声を出したくなる瞬間はある。そういうへんてこな素のリアクションが出ている人を見ると、愛おしさを感じてしまう。それはその場にいる人に心を許しているからこそ出るリアクションだからだ。心が許せる存在のいる、安心できる居場所だからこそそういった奇妙な振る舞いができる。素っ頓狂な叫び声を許してくれるコミュニティに、出会えてよかったねぇ、尊いねぇ……。そんな多幸感に包まれてしまうのだ。

そういう関係性込みで叫び声や奇声には萌えてしまうのだが、いつしかわたしはパブロフの犬のように、奇声そのものにときめいてしまうようになっていた。それを痛感したのが『シン・ゴジラ』だった。

安田《やすだ》というキャラクターがいる。高橋《たかはし》一生《いっせい》が演じていたといえばピンとくるかもしれない。「巨災対」の一員である安田は、文部科学省に勤める公務員で、人と目を合わせないまま喋る様子は根暗っぽく、一見オタクっぽい印象を抱かせる登場人物だ。

市川《いちかわ》実日子《みかこ》演じる尾頭《おがた》ヒロミが、ゴジラの体内に核エネルギーが存在する可能性を示唆するシーンで、安田は「ありえませんよ」と彼女の発言を鼻で笑う。ところが、上陸したゴジラの進行ルートと放射線の分布図を重ねたところ、それらがきれいに一致してしまい、尾頭の推測が当たっていたことが判明する。そのとき安田は「わあーっ!」と驚きの声を上げ、「こんなのありかよ」と狼狽し、部屋の中を叫び回るのだが、もうこれがたまらない。奇声フェチの性癖にどストライクで刺さってくる最高の振る舞いだった。

巨大生物の襲来という未曽有《みぞう》の状況。国内トップクラスの専門家が集められた対策室で、体裁など気にせず縦横無尽に駆け回ってしまう安田。その奇行。そして、尾頭さんにごめんなさいと謝る意外と素直な一面。そのギャップは何とも愛しく、完全に心を掴まれてしまった。この一連のシーンでわたしは安田沼に落ちると同時に、『シン・ゴジラ』沼につま先から頭のてっぺんまで浸かっていた。

『シン・ゴジラ』はとにかく情報量が多い。官僚や自衛隊が巨大生物の対策に奔走するドキュメンタリーのような作品のため、セリフの量も多ければ、映像から得られる情報も一度の鑑賞では把握しきれないほどある。初めての『シン・ゴジラ』は、ぽかんと口を開けているうちにすべてが終わっていた。胸には高揚感があり「すごいものを観た」と興奮気味に映画館を後にした。帰路中ずっと『シン・ゴジラ』のことが頭から離れなかった。家に着いてからもそうだった。政治家や専門家のあまり聞き慣れない早口の会話は、右耳から入って左耳へそのまま抜けていくようで、一度だけではすべての意味を理解しきれなかった。「あれってどういう意味だったんだ!?」と疑問がむくむくと湧き上がって、気がつけば2回、3回と映画館に足を運んでいた。観る度に新しい発見があった。テンポ良く進んでいく映像から必死にその世界の情報を掴もうとした。巨災対メンバーは国内メーカーのPCを使用しているのに、おそらく安田だけはMacBookを使用してこだわりを見せていることも、数回観なければ気づけなかった。

『シン・ゴジラ』が映画として好きなのは、圧倒的なリアリティーに没入できるからだ。架空の生き物ゴジラがもし本当に存在していたら、そして東京を襲ったら、どうなるか。国民が地下鉄のホームに逃げ込むシーンは、過去の災害時の記憶や経験も重なって、喉の辺りがぐっと苦しくなる。ただのフィクションを見ているという感じがしない。あり得たもう一つの未来、パラレルワールドを体験しているような感覚になる。

別の世界線のわたしたちは、今もゴジラが襲来した国のその後を生きている。最後に残された大きなゴジラの体は一体どうなったのだろうか。ゴジラの襲来によって植え付けられた悲しみの記憶や恐怖を、わたしたちは日常生活の些細な瞬間の中で、何度も思い出すのだろう。

チェンソーマン

漫画作品。藤本タツキ著、集英社刊。2019年1号から『週刊少年ジャンプ』（集英社）で連載、第1部完結後は「少年ジャンプ+」（同社）で連載。主人公の少年デンジが悪魔と契約し、「チェンソーマン」として活躍する物語。映画のオマージュやパロディが多く見受けられ、テレビアニメ（2022年10月~12月、テレビ東京系列他）のオープニングにも演出として用いられ、話題を呼んだ。

https://www.shonenjump.com/j/rensai/chainsaw.html

シネマ・パラダイス

世界中朽ち果ててゆく灼熱の夕日を浴びてキャッチボールを

いいことをすれば誰もがヒーローと崇める昨日までの悪党

無知だったことを知ったら無知だったころの幸せ　なんか、なんかさ

ハンドルは正しく握りチェンソーのキックバックにご注意ください

ビューティフル・スターままごとするうちに料理がうまくなっちまったな

シケモクを集めてつなぐ　糞映画見飽きた頃に出会えるシーン

となりの席のあなた

　漫画や映画の中で、キャラクターが映画を観ているシーンが出てくると、もうそれだけでその作品を好きになってしまう傾向がある。作者が、映画に救われた経験がある人だとわかるからだ。わたしも映画に救われたことがある。だから、作者への親近感がぐっと湧く。作家や監督がそういう経験を、どう自分の作品に反映しているのかが見えると嬉しくなる。

　映画を観るのが好きだ。特に、映画館で映画を観る時間が好きだ。映画館の座席に座ると、誰もが優劣のない、一人の観客になる。どんな現実を生きていて、どんな家族がいて、どんな生活を送っていても、観客は映画の前では等しく一人の観客になる。規則正しく並んだ椅子に座って、同じタイミングで上映される一本の映画を観る。早送りも、一時停止からの巻き戻しも、映画館ではできない。同じ速度で同じ方向に流れる時間の中で、みんな黙って映画の世界に没頭する。映画の前では、誰もがフェアだ。新作映画の上映のときは特にそうで、観客みんながその作品について知らないという同じラインに立っていて、期待や不安を胸に抱えながら、まだ見ぬ世界へ想像を膨らませる。映画を味わうためのルールがあり、それをみんなが守っている。劇場内のあの不思議な感覚が、たまらなく好きだ。

『チェンソーマン』の39話で、主人公のデンジは憧れの存在であるマキマさんとデートをする。女性とのデートが初めてで朝五時に待ち合わせ場所にやってきてしまうデンジが、一日の予定をマキマさんに尋ねると、「今日は今から夜の十二時まで映画館をハシゴして見まくります」という答えが返ってくる。

描写から推測するに、おそらく二人はこの日午前中から合計六本の映画を観ている。映画の長さは、一本あたりだいたい二時間だろうか。合間に休憩を挟んでいるとしても、約十二時間は映画を観ている計算になる。これは正直やばい。わたしも一日に映画を何本まで観られるか映画館をハシゴして試したことがあるけれど、四本が限界だった。四本目でちょっと寝た。映画を観るのには、体力と集中力がいる。さらっと六本もハシゴできてしまうマキマさんと、初めてなのにそれについていけるデンジは、すごすぎる。

（ここからは物語の核心に触れることを書くので、未読の方は注意してほしい）

チェンソーマンの世界には「悪魔」が存在する。トマト、チェンソー、日本刀、幽霊。人間に恐れられるものはすべて「悪魔」として世界に受肉し、恐怖の総量が多いものほど悪魔の力は強い。マキマさんは悪魔を対策する国家公務員で、謎が多く、底知れない力を持つ恐ろしい存在として描かれる。物語が進むほど、彼女は想像を絶する無慈悲な行為によって、作中のキャラクターだけでなく読者であるわたしたちに対しても恐怖心を植え付け続ける。物語の終盤、その正体が「支配の悪魔」であることが判明し、そして彼女の夢が「他者との対等な関係を築くこと」だったと明かされたとき、わたしはこの39話の映画デートの回を思い出していた。

映画館のスクリーンの前では、わたしたちは優劣のない観客になる。同じ硬さの座席に座って、同じ時間の中で同じ映画を観る。それは他者と歪んだ関係しか築けない、マキマさんも同じだ。誰かを支配することからひとときに自由になって、一人の観客として他者と同じように映画の世界に浸れることは、もしかしたらマキマさんにとっても癒やしの時間になっていたのかもしれない。

マキマさんはデンジにこう話す。

「十本に一本くらいしか面白い映画には出会えないよ」「でもその一本に人生を変えられた事があるんだ」

二人が観た六本目の映画。同じシーンで、二人は涙を流した。

誰かと一緒に映画を観て、隣に座るその人の横顔を盗み見ることはできても、その人の胸の内を本当に知ることはできない。本心を隠し、人を支配下に置いてきたマキマさんの言葉は、真に受けていいものなのか、わからない。でも、ミステリアスで得体の知れない存在のマキマさんがデンジの隣で流した涙は、本物だったと信じたくなる。映画について語った言葉は、本当だったと思いたくなる。

彼女の人生を変えた映画は、何だったんだろう。それは今ではデンジにも、わたしたちにもわからない。映画館に行き、座席に座り、上映を待つ時間に、デンジはあの日のデートのことを折に触れて思い出すのだろうか。映画の上映開始を待ちながらコーラを啜るわたしも、そんな想像をしてしまうのだ。

ハチミツとクローバー

漫画作品。羽海野チカ著、集英社刊。美術大学に通う大学生たちの叶わぬ恋や進路に迷う日々を描く、青春群像劇。「ハチクロ」と略される。テレビアニメ、実写映画、テレビドラマ化された。アニメ版キャッチコピーは「全員片思い！逆走ラブコメディー」。

https://www.shueisha.co.jp/books/items/contents.html?isbn=4-08-865079-4

胸の中の遠い場所

金色に雨が光ってわかったの　神様のこと　人生のこと

才能は呪いもしくは祝福と呼ばれあなたが切りひらく闇

真っ黒なスーツに同じ髪型でパイプ椅子から夕日を見てた

自分にはこれしかないのしかないを脆いどころか強いと思う

終わる雨　世界の果ての曇天を会って伝えなきゃって思った

乗ったことがあるんだ、きみと。遠くから見ても大きくある観覧車

きれいな缶に詰まったきらきら

『ハチミツとクローバー』、通称ハチクロで一番好きなキャラクターは誰？　と聞かれたら、わたしは迷いなく森田《もりた》さんだと答える。

ハチクロは美術大学に通う生徒と教員の日々を描く青春群像劇で、なかでも森田さんはとくべつ破天荒だ。キャンパスに嵐を巻き起こし、なかなか卒業しようとしない問題ばかりの四年生。なのに、何かを作らせたり描かせたりしたらピカイチで、醬油でさらりと芸術的な竜の絵を描いてしまう。森田忍。変人扱いされている一方で、底抜けに明るく、ときには創作に迷うはぐちゃん（花本《はなもと》はぐみ）の葛藤を見抜いたり、恋に悩み沈むあゆ（山田《やまだ》あゆみ）をひっぱりあげたりする。憎たらしいけど愛されている才能の人。かっこよかった。初めてこの作品を読んだときから、森田さんが一番好きだ。

森田さんは、ハチクロの主人公竹本くん（竹本祐太《たけもとゆうた》）と対照的な存在として描かれる。

なんとなく入った美大で、自分のやりたいこと・自信が持てるものが見つけられない竹本くんには、森田さんは類い稀なるセンスを持つ「すごい人」として映る。そして竹本くんが密かに想いを寄せるはぐちゃんもまた、森田さんの才能に圧倒され、森田さんとはぐちゃんは天才同士惹かれ合っていく。

ジャージでビーサンの森田さんがどうしてモテるのかと、同じ寮に住む男たちの間で議論が交わされるシーンがある。メインの登場人物の中で唯一の大人で、教員の修ちゃん（花本修司）は「他人の言葉にフリ回されず我が道を行っているからじゃないか？」と答える。鋭い。そうだ、その通りなのだ。森田さんはほとんどブレない。そこがいい。物語のクライマックスで一瞬だけ、彼は進むべき道を間違えそうになるのだが、森田さんは作品を通してほとんど変化しない。

「わからん……何でわざわざ探す必要があるんだ？　自分は自分じゃないのか？」

自分探しに出た竹本くんについて、森田さんははてなマークをたくさん浮かべながら疑問を口にする。いつもふざけている森田さんが珍しく真面目に言うこの一言が、二人の違いを表している。この場に竹本くんはいないが、本人が聞いたらショックを受けそうな、純粋で残酷な疑問だ。

早くから自分のやりたいことや進みたい道がわかっている人と、わからずに途方に暮れる人がいる。両者の間には溝がある。森田さんには竹本くんの苦悩がわからない。竹本くんが、森田さんの孤独を本当の意味では理解できないように。

わたしには竹本くんの焦りがわかる。大学に入った途端、それまで敷かれていた人生のレールが急になくなったような気がした。小学校を卒業したら中学校があって、高校を卒業したら大学に行く。越えるべきイベントがハードル競走のようにいくつかあって、受験勉強という一大イベントをなんとか終えたら、その先にはみんなと同じレールはなかった。突然、お前は何をしたいのか、お前には何ができるのか？　と真っ暗な夜道に突き出され、自分だけの獣道を孤独に進む時間が始まったような気がした。竹本くんを見ていると、あの頃の自分を思い出す。何者かになりたいけれど、何者でもない自分。何ができるかわからない自分。やりたいことが見つからないのは悪いことじゃない。でも、コンパスが示す方向が見えないと心細い。一人暮らしの家に帰る夕暮れの商店街で、どうしようもなく寂しくて泣きたくなった日の、涼しい風のことを思い出す。

竹本くんの一人旅に、「雨の終わる場所」を目撃する場面がある。そのシーンとその後辿り着く最北端の描写が印象的で、わたしも自分の目で宗谷岬《そうや》を見てみたいと、大学ではユースホステリング部に入った。それは自分たちで旅行を計画し、夏と春の長期休みを利用して旅に出る体育会系の部活動だった。大学一年生の夏休み、先輩・同期の二人と一緒に、苫小牧《とまこまい》から宗谷岬を目指す徒歩縦断の旅をした。ルートの途中には歩いて通れないエリアもあり、ちょこちょこ電車も使ったが、道中地元の人から野菜をもらったり、公園で野宿をしたりと、今ではなかなかできないような経験をした。辿り着いた宗谷岬は曇っていたけれど、静かで明るかった。竹本くんの物語と自分の物語が確かに繋がったような気がした。自分のお金で、日本の最果てまで初めて行った夏。記念碑の前、満面の笑みで写真を撮った。

ハチクロを読むと、竹本くんに突き動かされたあの頃の自分の気持ちが蘇る。あれから十四年が経ち、気がつけばわたしは竹本くんの年齢も、森田さんの年齢も追い越していて、修ちゃんに近い歳になっていた。竹本くんやあゆ、はぐちゃんに感情移入していたあの頃とは少し違って、今度は、竹本くんたちを見守る修ちゃんのような気持ちで、彼らを見ている。そして、あの頃の自分を見つめている。

『ハチミツとクローバー』を読んだときの気持ちは、宝物の入ったきれいな缶を開けたときの気持ちに似ている。嬉しく、楽しく、そしてちょっと懐かしい。登場人物は全員片想いで不器用で、いろんなことに悩んでいる。その苦しさは、渦中にいたら辛くて苦々しいものだけれど、いつでも経験できるものではない。それをわたしが知っているということは、わたしがもうとっくに大人になってしまったということなのだろう。彼らはみんな人生の選択に迷っているけれど、一人一人、自分の心が本当は何を求めているのかをわかっている。それがいい。だから竹本くんたちが眩しく映るし、どうしようもなく愛しく思えるのだ。

昔ハチクロを読んでいたというあなたも、どうかもう一度ハチクロを読み返してみてほしい。そして好きなキャラクターについての話をしよう。そして、あれから見える景色がどう変わったかの話も聞かせてほしい。

女の園の星

漫画作品。和山やま著、祥伝社刊。2020年2月から、『FEEL YOUNG』（祥伝社）で連載。女子校教師の星と、生徒たちの日常を描く。著者、和山やま氏が一番大きく影響を受けた漫画家は古屋兎丸氏で、「絵の部分だと伊藤潤二先生や小林まこと先生の描かれる絵が大好きで、今でも漫画を描くときは意識しながら描いたりしてます」とインタビューで答えている。

https://www.shodensha.co.jp/onnanosononohoshi/

光るバズーカ

犬たちも持つ社交性　タピオカと呼ばれセツコはゆっくり起きる

妄想で楽しくなって笑ったら　大丈夫ですか？　いえ！とお返事

明朝体極小サイズの通らない声とよく通るゴシック体

おとなでも笑うし間違えたりしますす謎のあだ名は語り継がれて

壇上で起きているのがコントならよかったけれど　春の式典

居ずまいを咲く寸前の芍薬のように正してラッシーは待つ

うなされて見る平日のカーニバル　ナンのおかわりもういりません

ある人はサンバの合図ある人は大人の泣き声と思う笛

ほんとうの自由はときに混沌として尊さにまだ気付けずに

クワガタの歩く速度でゆく初夏のきっとどこかで光るバズーカ

「『女の園の星』って犬は死にますか？」というツイートを見かけた。たぶんその人は一巻第二話の広告を見たのだろう。第二話は、リードで繋がれた犬が上階の教室からぶら下がっている場面から始まる。和山やま先生の端正な絵柄は一見するとホラーやサスペンスの気配が漂っているため、誰かが死にそうな気がするのはわかる。でも大丈夫、犬どころか誰も死なない。そこで描かれているのは恐怖ではないから安心してほしい。

『女の園の星』はとある女子校の国語教師・星先生とその生徒たちの些細な日常が描かれるコメディ漫画だ。この作品のおもしろさはどうすれば人に伝わるんだろう。女子高生の絵しりとりの謎を、担任教師の星先生が静かに解き明かそうとする一巻の第一話。問題となる亡霊のような謎の絵が登場したところで、まず笑ってしまう。この生気のない男の絵が一体なんなのか読者としてはこの時点で薄々気づいているのだが、星先生の真剣な考察や考察によって導かれる数々のひらめきを追ううちに、この漫画の独特の世界観にきっと夢中になっている。

高校生だった頃、日本史の先生が授業の冒頭にこんなことを言った。
「学校の外で見かけても大声で『先生』と呼ばないでください」
放課後のスーパーで、生徒に出会ってしまった先生。テンションが高めの生徒にその場で「先生！」と叫ばれ、周囲から「あの人教師なんだ」という目でじろじろと見られた。視線が集まり最悪の気分になったと話す先生が「お願いだから学校の外ではそっとしておいてくれ」と本当にうんざりした嫌そうな表情を浮かべていたのを、よく覚えている。大声で叫ばれるのは確かに気の毒だなあと思いつつ、でも私たちにとって先生は先生以外の何者でもなく、他に呼び方なんて知らないよなあ、とぼんやり考えていたことも。

先生という職業は、人から立派な立ち振る舞いを求められがちだ。教師は聖職者であり、生徒たちの模範的な存在であらねばならないという向きもある。だけど世の中の先生全員が金八《きんぱち》先生みたいなわけじゃないし、実際はそんな先生の方が稀かもしれない。先生だって普通の人間。けれどもひとたびボロを見せると「先生なのに」と後ろ指をさされる。だから先生たちは教壇に立つとき、教師という役を演じている。学校はもしかしたら彼らにとっては舞台のような場所なのかもしれない。『女の園の星』には、まるで芸能人の休日をこっそり覗き見ているようなドキドキ感がある。それはもしかしたら、描かれている星先生や同僚の小林先生の様子が、教師という役柄を演じ終えて楽屋に戻ったときの「素の顔」に近いから、なのかもしれない。そうか、職員室は楽屋裏だったのだ。生徒だったころには気づかなかった。そんなおもしろい場所、どうしてもっと遊びに行かなかったんだろう。

単行本三巻のカラー扉絵を初めて見たとき、驚いてしばらくページをめくる手を止めてしまった。スーツ姿の星先生と小林先生が紅白幕の前に立ち、どこか斜め上の方向を見つめている。二人の後ろには別の教師が二人いて、彼らも同じように何かを見ている。入学式や卒業式などの式典で、場所は体育館だろうか。おそらく壇上で喋っている誰かを眺めているのだが、星先生と小林先生を含めそこにいる教師たちの目に生気がない。目の隈の描写もあいまって、疲労感が滲んでいる。学校行事というイベントの最中、壇上の何かに気をとられているのか、それぞれがほんのちょっと油断している。

身体の前で手を組んで姿勢を正しているように見える小林先生は、重心が左脚に偏っていてちょっとだるそうな気配もある。星先生の真後ろの教師の顔はひどい。たぶん何も考えていない。星先生は心の声で静かに何か言っていそうな左眉毛をしている。もしもこの学校の生徒としてこの式典に参加していたとしても、同じく壇上に意識を向けてしまって先生たちのこんな表情には気づけないだろう。けれど和山やま先生はそんな一瞬を、繊細なタッチで、しかもカラーで描く。演じることを忘れて素の一面を晒している先生たちを、カラーで。ここを切り取るのか！ と妙な感動を覚えて、この絵をじっくり見つめてしまった。もしこの一枚が額縁に入って美術館に飾られていたら、私はしばらくそこから動かない。複製原画が出たら買う。それくらい大好きな絵です。

生徒や保護者の前では発せられることのない、人間味に溢れた本音。星先生と小林先生の心の声は崇高さとはかけ離れ、くだらなさで溢れている。だからおもしろくて、愛おしく思える。これからも、パワフルな女子高生に翻弄されて困惑している人間らしい様子を、余すところなく見せてほしい。

RRR

インドの映画作品（日本では2022年公開）。S. S. ラージャマウリ監督・脚本。日本国内での興行収入は24.2億円で、日本国内で公開されたインド映画の中で記録的なヒット作品。英国軍に連れ去られた部族の少女を救おうとするビームは、潜伏先で警察官のラーマと出会う。互いの立場を知らない二人は親交を深めていく。作中で二人の息の合った超高速ダンスが披露される楽曲「ナートゥ・ナートゥ」は、ゴールデングローブ賞の最優秀主題歌賞とアカデミー賞の歌曲賞を受賞した。

https://rrr-movie.jp/

たてがみの日々

握手したときに分かったこの熱をこのてのひらは待っていたこと

吹かされるエンジン音に呼応するように弾ける馬の鬣《たてがみ》

秘密など一つもないというような顔で隣で　遠い雷鳴

純朴な瞳のままで本当の名と真実を貴方は告げる

てのひらを拳に隠す哀しみは大義の炎のなかに燃やして

火焔木《カエンボク》　いつか我が身が燃え尽きる日までこの銃に装塡を

屈しない心が紡ぎ出す歌よ（武器よ）涙が知る鉄の味

草原の彼方の友を押すように吹け柔らかなたてがみの風

見たいものと見たことのないもの

もし目の前で銀のお盆が落下して、ゆっくりと回転をはじめたら、私はハッと辺りを見渡してしまうだろう。映画『ＲＲＲ』においてトレイの落下は、〝ナートゥ〟の始まりの合図だからだ。〝ナートゥ〟をご存じか？　ご存じないならそれはもったいない！

『ＲＲＲ』で二人の主人公が披露する超高速ダンス〝ナートゥ〟。あまりにステップがキレッキレなので、初めて鑑賞したときは早回しだと勘違いしたほどだった。「ナートゥナートゥ」というフレーズを繰り返す楽曲にあわせて、息ピッタリに激しい足技を繰り広げ、なぜかずっと笑顔。こんなに激しく動いているのにどさくさに紛れてウインクもされるし、かっこいいのにかわいくも思えるから意味がわからない。一度耳にしたら頭から離れない陽気な楽曲と、とにかく全力で踊り続ける彼らを魅力的に映すキメカット満載のカメラワーク。迫力と魅力がスクリーンから飛び出して胸の辺りに迫ってきて、笑いながら見ているうちになんだか涙が出そうになる。彼らの情熱的なダンスが生み出した熱狂は国境を越え、動画は累計4・7億回以上再生されている。

一九二〇年代のインドを舞台にした『RRR』は、異なる使命を持つ二人の主人公、ビームとラーマの友情と対立を描くアクションエンタメ作品だ。英国軍に攫われたマッリ（ビームと同郷の少女）を助け出すため正体を隠しながらデリーに潜入するビームと、とある大義のために英国政府の警察官となったラーマ。この二人がとにかくめちゃくちゃ強くてかっこいい映画なのだが、『RRR』には〝ナートゥ〟をはじめとした「こんなの見たことない！」と言いたくなるインパクトの強い映像がぎゅっと詰まっている。

バイクに乗ったビームと馬に乗ったラーマが水辺を駆けるシーンには衝撃があった。バイク同士の併走や、馬二頭の併走は見たことがある。けれどそうではなく、バイクと馬なのだ。一緒にドライブ（?）できることが心底楽しそうな表情で、視線を送り合う彼らは二人だけの世界にいる。ラーマの馬も、ビームのバイクにビビらず真っ直ぐに駆けているからすごい。二人の世界といえば、蒸気機関車とのシーンも見逃せない。ビームとラーマは、話題が尽きることがないかのように、熱く語らいながら線路沿いを歩く。そこに蒸気機関車がやってきて、なぜか彼らは蒸気機関車と駆けっこをする。後ろから列車が追いつく瞬間、二人は軽やかに大きく跳びはねる。このシーンがいいなと思うのは、言ってしまえばそれが映画の展開上無くてもかまわないカットだからだ。それでもあえて撮られているということは、もはやそれはサービスであり趣味である。これ、いいでしょ！　という監督や役者の声が聞こえてきそうな気がして嬉しくなる。

他にも、森での全力追いかけっこ、橋からの少年救出大作戦、猛獣アタックなど、アニメ映画を実写でやっているんですか？　と言いたくなるくらい、過剰でかっこいいキメカットが『ＲＲＲ』にはたくさんある。とんでもない映像の数々に度肝を抜かれ続ける本作が「トンデモ映画」にはなっていない秘密は、骨太な脚本にある。

物語に接するとき、「こんな展開になってほしい」と心のどこかで望むシナリオがある。その期待が満たされることで感じる清々しさやおもしろさがあると思う。本作では、「ビームがマッリを救出して帰還する」という基本のストーリーに「対立関係にある二人の男が、最後に選ぶのは友情か使命か？」という答えが知りたくなる問いかけが加わる。敵対していた二人が共闘するなんて、熱いに決まっている。その熱い展開を、奇をてらわずにシナリオにきちんと入れ込んでいる。過剰でド派手で度肝を抜く演出の数々に、胸焼けすることもなく最後までぐいぐい引き込まれてしまうのは、王道で骨太な脚本があるからだろう。だからこそ『RRR』は痛快に楽しめるエンタメ超大作として成立している。

みんなが心の中で密かに望む「見たいもの」と、映画だからこそ表現できる「誰も見たことのないもの」。その両方をバランスよく持つ映画はそう多くはない。『RRR』のように気持ちよく「こんなの見たことない！」と感動できる作品に出会いたくて、私は映画を観ているのかもしれない。最高の映画に巡り会い、見たことのない景色に夢中になっているとき、大げさじゃなく「生きてる！」って感じがする。だからありがとう、『RRR』。

「好き」で短歌をつくるには？　①

Q, そもそも、短歌ってどうやってつくるんですか？

A, まずは、何を伝えたいか整理してみましょう。

短歌は言葉のセンスがある、一握りの人だけがつくれるもの。一部の選ばれし者だけが、三十一文字を操ることができる……。そんな風に思っていませんか。大げさに書いてみましたが、まったくそんなことはありません。あらゆるスポーツがそうであるように、短歌も、訓練によってつくれるようになります。コツを摑めば、誰でもつくれるようになるものです。

いきなり雰囲気のあるそれっぽい言葉を並べても、いい短歌にはなりません。「何を言うか」と「どう言うか」。What と How、この二つを意識的に整理することが必要です。

短歌をつくるとき、私は次のような手順を踏んでいます。

①短歌にしたい情景や心情を書き出す（What）
②書きたいものを五七五七七の定型に当てはめるように書いてみる（How）
③推敲する（How）

歌をつくるのに慣れていないうちは「何を表現するのか（What）」をまずははっきりさせてください。漠然とした気持ちで五七五七七の言葉を組み立てていくのではなく、「これが言いたい」「この景色を表現したい」と描写する対象を明確にした方が、短歌をつくる最中に迷子になりにくいです。仮でもいいので決めてしまいましょう。

何を書くのか最初に決めると、行き詰まったとき、自分がどこで躓いているのかが明確になります。WhatとHowのどちらで躓いているのか把握できるだけでも、視界は開けるはずです。

「好き」をテーマにして短歌をつくるときも、組み立て方は同じです。What（何を表現するのか）を明確にして、定型に当てはめてみる。この順序でやっていきましょう。

ただ、まずこの最初のステップが難しいんですよね。「好き」って実はとても複雑な感情です。「はじめに」でも少し触れていますが、「好き」とは心が惹きつけられ、ぴったりと気持ちに合う状態を指します。「好き」だということはわかっても、それがなぜなのか、どこが「好き」なのか、そもそも本当にそれは「好き」なのか。自分が抱える感情を、自分自身がわかっていないということがよくあります。

そんなときは次の二つの問いで、感情を整理してみましょう。

1．好き、を別の言葉に言い替えるとどうなる？

例……愛おしい、憧れる、妬ましい、目が離せない、心配、一緒にいて心地よい、素の自分になれる、見ているとすっきりする、安心する、嫌い、守りたい、など

「好き」だと思っている感情が、かならずしも好意的なものとは限りません。「好き」という言葉を使えないとしたら、どういった言葉で言い表せるか、思い切って言葉にしてみましょう。たとえばもしも「心配」という表現がしっくりくるようであれば、どうして心配なのか、どんなときに心

配だと思うのかなど、また詳しく言葉にしていくと自分の心のことが少しずつ見えてきます。

2. 他と比べて特別なのはどんなところ？

どうして好きなんだっけ、どこに惹かれるんだっけ……「好き」である対象だけを見つめて言葉にしようとすると、だんだんわからなくなって、迷子になってしまうことがあるかもしれません。そんなときは比較対象を持ち出して、その違いについて整理してみるのをおすすめします。「好き」になったということは、何か他とは違う、特別な要素があったはず。ときにそれは、自分にとってなぜ特別なのか、という話かもしれません。特別な部分をより理解するために、あえて何かと比べるのはいい方法だと思います。

私が一番好きなバンドは、スピッツです。スピッツへの「好き」を整理すると、スピッツという存在そのものの魅力のほかに、私にとっての特別さとして「幼い頃に出会って、長い間聞き続けてきた」ということが挙げられます。三十年近く聞き続けてきた、という時間の長さは、他のバンドと私の間にはない、特別な関係性です。

特別な理由がわかったら、次は広げてみます。じゃあなんで三十年も惹かれ続けてきたんだろう。「幼少期に出会ったから」「歌詞のわかるところとわからないところの絶妙なバランスに惹かれたから」「惹かれたことで、考え続け、聞き続けたから」などなど、思いつくことをさまざま書きだしてみます。こうやって、どんどん言葉にしていきます。

歌を詠むことは「短歌の定型に自分の心の一部を託すこと」ではないでしょうか。好きなものについて表現するとき、自分のことを切り離す必要はありません。むしろ、好きになっている自分ごと歌にしてしまうくらいのつもりで、「好き」を見つめて整理してみると、漠然としていた感情がより鮮やかに浮かび上がってくるのではないかと思います。

「好き」を見つめて、何を表現するのか、言葉にして整理する。

短歌をつくり始める前に、ぜひこのステップを挟んでみてください。

次の回では実作と推敲についてお話しします。

グミ

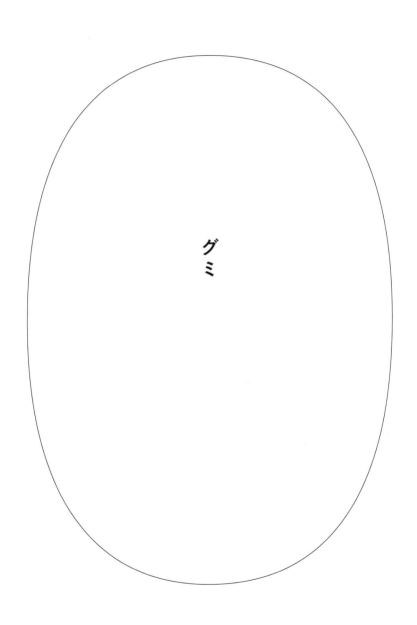

冬の遠足

おはようの荻窪駅でポケットのなかのハリボー見せ合っている
外身だけ大人になってハンバーグ食べにいこうよ冬の遠足

高速に乗る前に寄るコンビニでグミまた買えばグミ三袋

渋滞の窓から見える富士山は思ったよりずっと光だね

ともだちの白い車は四人乗り配給制の袋ポイフル

手のひらにみどりむらさきあかきいろ食めば小さく紙吹雪舞う

食べる？って聞いてもいつもゆるやかに首を振ってた春　元気かな

さなぎには戻れなくても遠足のおやつ話で渋滞抜けて

変わっていくわたしの、変わらないもの

会ったことのない人にＴｗｉｔｔｅｒ（現Ｘ）上でブロックされているのを観測して、あ、と驚いた。ブロックされていることに対してではない。昔ほど傷つかなくなった自分に対してだ。嫌われたり、拒絶されたりするとどうしようもなく悲しくて、落ち込んでいたわたしが、事実を冷静に受け止められるようになっている。もちろん、面と向かって悪口を言われるのはつらい。でも、Ｔｗｉｔｔｅｒでブロックされたからといって、自分のすべてが拒絶されているとは考えなくなった。むしろわたしを嫌いになる事情が相手にあったのかもしれないとすら、思えるようになった。

初めて「短歌って面白い！」と思ったのは大学二年生のときで、きっかけは雑誌『ダ・ヴィンチ』にあった穂村弘さんの連載、「短歌ください」だった。誌面に並ぶ採用歌は穂村弘さんの解説も相まってどれも素晴らしかった。投稿者もわたしも同

じ日本語を使っているのに、どうしてこんな芸当ができるんだろう？　簡単そうに見えるのに、やってみるとぜんぜんそうじゃない。面白い、楽しい、と感じると同時に、歌が採用されている人たちと自分の差に打ちひしがれていた。そして、嫉妬した。見様見真似でつくってみたわたしの短歌は、雰囲気だけがそこにある空虚な文字の羅列だった。採用歌と並べるとヘタさは一目瞭然。短歌の鑑賞も作歌の訓練もせず、初めてつくった短歌がいきなり傑作だったら、それは天才ってことだ。「できる！」と思えるところまで作歌に向き合えたらよかったのだけれど、その頃のわたしには難しかった。純粋な気持ちで一首一首を読み、鑑賞できる余裕もなかった。わたしは自分が「只の人」であることを認めたくなかったのだと思う。そして、わたしはそれから数年短歌を遠ざけた。再び短歌を読み、つくるようになったのは、しばらく後のことだ。

当時のわたしが、楽しそうに短歌をつくる現在のわたしを見たら、どう思うだろう。やはり羨ましく、妬ましく思うのだろうか。Ｔｗｉｔｔｅｒにいたら、目に入らないようにミュートするかもしれない。ブロックする度胸はたぶんない……。当時のわたしと今のわたしは同じ「わたし」なのに、考えていることも価値観もできることも、違う。「わたし」という人格の意識はずっと一つであり続けるのに、ふと振り返るといろんな分岐点を経て別の生き物に生まれ変わっている。好きな色、好きな音楽、好きな食べ物。好きだったはずのものが苦手になっていたり、苦手だったはずのものが大丈夫になっていたりする。そのこと自体を、特別悲しいとは思わない。どんなものも、少しずつ変わっていく。生きていくことは多少なりとも変化を伴うものだ。

だけど、昔からずっと変わらず好きなものがある。その「好き」を確かめられる瞬間に、どうしてかほっとしてしまう。グミはそんな「変わらない好き」を感じられるものの一つだ。指で摘まむとぷにぷにと弾力があって、光にかざすと透けて見える。色とりどりの見た目。

小学生の頃、母親とスーパーに行くと好きなお菓子を一つ買ってもらえるルールがあった。その頃からグミはおやつドラフトの上位にいる。遠足にも必ず持っていった。幼稚園から高校まで、遠足の行き先はいつも地元の浜辺だ。ポイフル、コーラアップ、果汁グミ。ビーチに腰掛けて、きらきら光る海を見る。落としたら砂だらけになるから、気をつけて大切に食べる。

大人になったわたしは、電車に乗る前に駅のコンビニでグミを買う。空腹になると機嫌が悪くなるからだ。なるべくご機嫌でいたいわたしの、おまもりのような存在。グミをかばんに忍ばせて、職場に向かう電車や、空港に向かう列車に乗る。小腹が空いて、一粒取り出して嚙み締める。おいしさのあまり二粒ずつ、三粒ずつ食べ始めてハッと手を止める。食べるシチュエーションは子どもの頃とは違うけれど、夢中になってしまう美味しさと嬉しさが変わらずにある。

わたしは少しずつ変わっていく。ブロックされても受け止められるようになったり、短歌がつくれるようになったり。辛いものが得意じゃないことに気づいたり、冷たい水風呂に入れるようになったりしながら。わたし自身や身の周りに起きるたくさんの変化の中で、錨を下ろすようにグミを食べる。グミが大好きな子どものわたしと、今でもグミを好きなわたし。どちらもわたしで、あの日から今日までが確かに繋がっている。

花を買うこと

ワンルーム・デイズ

意図しないドミノ倒しのはじまりの庭をこぼれていく薔薇の花

日没のあとの光としてそこに人を集める駅の花屋は
お手製の花束いいいね見つかった虹のうれしさ束ねたようで

透きとおるラナンキュラスの花びらに触れているとき感じる呼吸

目も耳もないけど声は届いてるような気がしてただいまと言う

ワンルーム・デイズ　だめでもすさんでも見ていなくてもしゃんといる花

柔らかな窓

外でのことを優先して、家のことは後回し。わたしにはそんなところがあった。

平日、二十時頃まで働いたら、そのまま家には帰らず、ストレスを発散するように書店や映画館に行く。ちょっと無理してでも遊んで、エネルギーを使い果たしてから遅い時間に帰宅するので、家のことをする気力はほとんど残っていない。だから部屋の中は結構散らかっていた。読みかけの小説や漫画は本棚ではなく、ベッドの周辺にジェンガのように乱立している。タワーになったジェンガも、崩れたジェンガもある。朝脱いだパジャマは、抜け殻みたいに床に落ちている。それを回収してもう一度着る。スマホを握ったまま寝落ちして、ギリギリまで寝て、部屋はたいして片付けないまま、身支度をして会社に行く。社会人になってからの生活はしばしばらくそんな感じだった。部屋を徹底的に片付けるのは、誰かがやってくるときだけ。外面優先で、家の中のことに向き合うのは一番最後だった。

花を部屋に飾るようになったきっかけは、切り花のサブスクだった。毎月定額を支払うとポストにお花が届くサービスが始まったとSNSで知って、登録したのが二〇一九年。花瓶は一つ持っていたけれど、何かのお祝いでいただいた花束を飾ったきり、ほとんど使っていなかった。隔週で、花弁の大きなもの、小ぶりなもの、そしてグリーン系の2~3種類が薄くて小さな箱に入って届く。自分だったら買わないような種類の植物が届くこともあって、おしゃれなねこじゃらしみたいなものが届いたときはちょっと戸惑ったけれど、一緒に買った新しい花瓶と届くお花の茎の長さがほどよく合っていて、水を入れて挿せばそれっぽくきれいに飾れるのがよかった。ねこじゃらしも他のお花と一緒に飾るとなかなかいいバランス。なるほど、こんな風に組み合わせるのか、と少しずつお花のことを知っていった。

部屋に花を飾ると、そこだけなんだかぱっと明るくなる。花はいつもしゃんとしている。切り花の命は短いけれど、そんなことはまったく知らないかのように、堂々と咲いている。ああ、命があるな、と迎えるたびにちょっとだけ緊張した。いつもの一人暮らしのワンルームに、自分以外の生きているものがやってきた実感があった。まばゆい存在。周りが散らかっているとなんだか申し訳なくて、お花を飾るために部屋を整頓したりした。

花は、窓のようであり、鏡のようでもある。トルコキキョウ、ガーベラ、芍薬、ラナンキュラス。好きな花を一輪飾るだけで、部屋の中で光や風を感じられた。まるで窓が一つ増えたかのようだ。水を換え、茎を切る。花器の周りをきれいに整える。命の短い切り花と向かい合うと、自分の暮らしに向き合っている感じがする。気にかける存在がいることで、いつも後回しにしていた生活、そして自分自身のことを少しずつ大切にできてきている気がした。

それから、お花を買って自室に飾ることは日常の行為になっていった。特にコロナ禍では花を買うことは自分にとっての生命線のようなものだった。わたしの第一歌集『水上バス浅草行き』（ナナロク社）の中にも、花についての歌がたくさん出てくる。短歌をつくることが自分にとっての癒やしになっていたように、花を飾り愛でることは停滞していく部屋の時間を解放してくれるようなところがあった。先の見えない日々の中で、わたしは花に救われていたと思う。

高知に引っ越してからは、切り花を買うことは都会で暮らしていた頃に比べて少なくなった。部屋には大きな窓があり、すぐそばに雄大な山の景色が広がっていて、ものすごく身近に自然があるからだ。

先日、母が芍薬を買ってきた。でも馴染みの芍薬とはちょっと様子が違う。小さなつぼみが3つついた一本と、中くらいのつぼみの一本、そしてすでに大きく花開いた一本を、がさっと花束のように持っている。つやつやとした葉っぱはたっぷりついたままで、都会で見る芍薬より野生感があった。「どこで売ってたの？」と尋ねると、母は「JAで」と答えた。芍薬は、自分の蜜で花弁がくっついてしまい、上手く開かないことがある。だからつぼみの蜜をティッシュで優しく拭き取ったり、軽く揉んでやる。けれども農協の芍薬は既に堂々と咲いていた。わたしが手を貸さなくても、ぶわっと花開いているワイルドな花。そのたくましさに驚いて、また花のことが好きになった。

THE FIRST SLAM DUNK

アニメ映画作品（2022年公開）。原作は漫画『SLAM DUNK』（「週刊少年ジャンプ」連載、井上雄彦著、集英社刊）。高校バスケ部を舞台に選手たちの成長を描いた作品で、1996年に最終回が同誌に掲載された。映画の監督・脚本は、原作漫画の著者である井上雄彦が務める。興行収入は158.7億円（2024年時点）。熱烈に支持され、映画公開終了後に2度、「復活上映」が行われた。

https://slamdunk-movie.jp/

心臓

イントロのドラムのように響かせるドリブル朝の体育館で

中指を離れたあとの確信が現実になるまでの三秒

孤独というさみしいしらべいっときの間忘れて照る夏の床

舞台では平気なふりを心臓の埋まった胸を見せる、世界に

駒が成るように不敵は空中で瞬くように無敵に変わる
初めてのシュートのような喜びの予感は降り注ぐ何度でも

静寂に鳴らすドリブル心臓のごとく鳴り続けるバスドラム

残像を追う

私はバスケのことをよく知らない。そして漫画『SLAM DUNK』のこともほとんど知らない。一度読もうとしたことはあったけれど、どうしてか、主人公の桜木花道《さくらぎはなみち》がバスケ部の主将である赤木《あかぎ》に勝負を挑むところで止まっている。私の記憶の中では、バスケ漫画の主人公の彼はまだバスケ部員になっていない。

インターハイ2回戦。桜木が所属する湘北高校は、優勝候補筆頭である山王工業高校と対決する。いわゆる「山王戦」は原作で描かれる最後の試合だ。原作未読の私でもそのことは知識として知っていて、それがスポーツ漫画の歴史に残る名勝負として名高いことも耳にしていた。映画に関しての事前情報をほとんど得ない状態で観始めたので、『THE FIRST SLAM DUNK』が湘北VS山王を描いたものだと鑑賞中にわかったときは、本当に驚いた。

絶対王者である山王の分厚いディフェンスに、湘北は歯が立たない。湘北の応援に来た観客たちの間にはどこか諦めのムードが漂い、山王側の観客席にも、山王が勝利することが当たり前であるかのような雰囲気が漂っていた。

そんな客席に、ある父子がいる。バスケ好きの父親に連れられて山王の観戦に来たのだろう、少年は観客席で携帯ゲームをいじっている。父親が何か話しかけても、彼の注意はすぐに手元のゲームに戻る。

その少年の意識が、ゲームから試合に切り替わる瞬間が訪れる。桜木が、試合関係者の机の上に乗り上げ、高らかに勝利を宣言するのだ。突然の出来事に驚いて立ち上がる少年。問題行為とも言えるマナーを欠いた行動にざわめく観客席。しかし、そこから風向きが変わる。ゴール下の桜木が山王の鉄壁のディフェンスに揺らぎを与える。湘北の選手の意識が変わる。メンバーのパスが通り、シュートが決まる。湘北メンバーの選手の個性が光り始める。そうして、無謀だろうと思われた山王との点差が劇的に縮まっていく。試合終盤、少年はもうゲーム機を見ていない。父親と一緒になって湘北を応援していた。

私は、彼だった。あの少年こそが私だった。

私はバスケのスタメンの人数すら知らないほどのスポーツ〝にわか〟だ。そんな私でも、桜木が投入されてからの試合の変わり方は鮮烈で、釘付けになった。目だけじゃなく、全身が釘付けになる感覚。映像を受け身で観ているのとは違う。本当にスポーツを観戦しているような、まさに「人間」を観ている感じがした。コートに立っているのは私ではないのに、心臓がバクバクして気道が狭くなって、どうしてか、じわっと涙が滲んだ。特に、試合終了までのラストの二十秒は息ができない。伸び縮みする時間の中で、せめぎ合う両チームの攻防。一秒の中に凝縮された数分にも思えるさまざまなドラマ。自分の全神経がコートの上の一挙手一投足に注がれ、張り付くのがわかる。無音の空間で、スローモーションの中、必死に息を殺して、私はあの奇跡の瞬間に夢中になっていた。

桜木花道。鑑賞した翌日も、そのまた翌日も、日常のぼーっとしてしまうような狭間の時間に、私は桜木のことを考えていた。破天荒な勝利宣言と天才的なプレーだけではない。試合後半の、桜木の選手生命を懸けた選択が、何より衝撃だった。

試合中に負った怪我の影響で、今ここで無理をするともう一生バスケができなくなるかもしれない。そう告げられた桜木は、痛みに耐えながら、悔しさを噛み締めながら、それでもコートに立つことを決断する。そんな彼を大人は力尽くでも止めなければいけなかっただろう。でも夏の太陽光のようにまっすぐ、強く、「今なんだよ」と言われたら、果たして本当に止められるだろうかとも思ってしまう。一生と一瞬を天秤にかけて、一瞬の方を覚悟とともに選べてしまうことが恐ろしいと思った。そして眩しいと思った。

〝天才桜木〟は何が天才なのか。彼はきっと、自分を信じる天才だ。

バスケの素人でも、自分は勝てる。相手が絶対的に敵わないと言われているチームだとしても、自分なら流れをたぐり寄せられる。一生バスケができなくなるかもしれないと言われても、自分なら、コートに立てる。桜木は今作の映画の主人公として描かれていない。それでも、私はあの桜木の眩しさに、主人公性を見いだした。圧倒的な光だった。閉じた目の裏側に光の残像が焼き付いているみたいだった。

気がつけばたびたび桜木の未来について考えている自分がいた。原作の物語は、山王戦を最後に終わる。桜木は復帰できたのだろうか。二年、三年の時間をどのように過ごしたのだろうか。高校卒業後、どうしたのだろう。いろんな気持ちが浮かんでくる。

未来を揺るがす決断をした桜木は、「今」を選んだからといって、未来を棄てたわけではないのだろう。残像を追ううちに、それがだんだんわかってきた。自分を信じる天才は、怪我をした体の感覚を取り戻していくのもきっとものすごく上手い。

試合中の瞬間、今と未来を天秤にかけたようで、実は、どちらも諦めていないのではないか。

高校の現代文の教科書に「ミロのヴィーナス」という評論文が載っていたことを思い出す。本来あったはずの両腕が欠けているミロのヴィーナスは、完璧な姿ではない。でも、だからこそ美しい。存在しない手の形を想像するときに、無限の可能性が広がる。どんな手であるか誰にもわからないことに魅力が生まれている。

多くの人が『SLAM DUNK』の続編を待ち望んでいる。原作のその後を知りたいと願っている。読者の誰も知らない、桜木の未来。

そして原作を読めば、映画では描かれていない山王戦に至るまでの桜木に会える。読者のみんなが知っている、桜木のこれまでに。

私はもう少しの間、そのどちらも知らないままで過ごしたい。山王戦で目撃した、才能を開花させていく彼こそが、私の知っている唯一の桜木花道だ。瞼の裏に残り続ける強烈な光の残像と、その残像からイメージできる未来の彼の姿が本当に美しく見えて、もう少しだけ、この残像や余韻のみを追いかけていたいと願ってしまうのだ。

犬

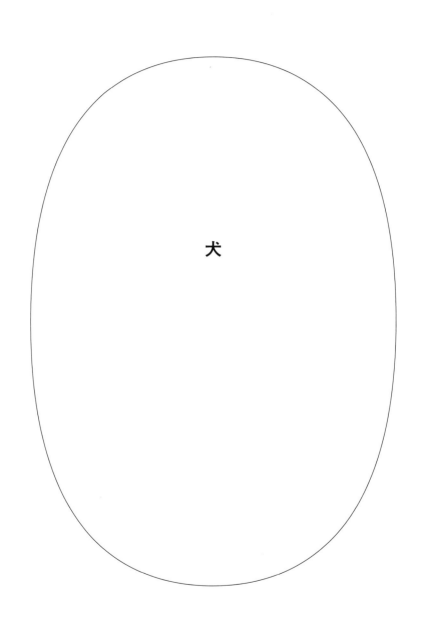

四季と犬

スプリング・ドッグは笑う四分咲きの花でも集う人の近くで

サマー・ドッグ　涼しいうちにお散歩をさせなくてはと主人を引いて

タイフーン・ドッグと呼んでみたくなる風をまとったポメラニアンを

暮れてゆくオータム・ドッグ蓄光のいきものとしてたくわえたまま

雪原を拓いて道とするようにウィンター・ドッグお散歩をゆく

エブリデイ・ラッキー・ドッグ　すれ違う犬の姿に四季があること

いつか来る神回

「ラッキードッグ」をご存じだろうか。散歩中に出会う犬のことだが、そういった意味の「ラッキードッグ」はご存じないと思う。なぜなら私が散歩中の犬を勝手にそう呼んでいるからである。

道の向こうから、曲がり角から、家の中から、犬たちは突然視界に入ってくる。そのときの嬉しさといったらない。「犬だ！」とジャンプしたくなる。あんまりじろじろ見てしまうと犬にも飼い主にも悪いので、平静を装いながらすれ違う。すれ違う瞬間もちょっとしたイベントだ。目がまったく合わない犬、目が合った瞬間にはっとした顔になる犬、微笑んでくれる犬、「何か……？」と不安げに首をかしげる犬。いろいろいる。さまざまな犬の個性。犬に触れることなくそのまますれ違い、少し経った後、こっそり振り返ってみる。犬は私というエキストラのことは忘れて、飼い主との小さな冒険に再び夢中になっている。そんな犬の後ろ姿も、また乙である。

犬に出会えたときの喜びをイベント化したくて、散歩中に目撃する犬のことを「ラッキードッグ」と呼ぶようになっていた。「今朝のラッキードッグは7匹だった」「いつもと違う道を歩いたら、ラッキードッグが13匹だった」という風に使う。嬉しい気持ちを固有名詞化すると、小さなお祭りになる。ラッキードッグという言葉を作っていなければ、「出会う犬、全部柴犬」という奇跡の散歩回に気づくことはなかっただろう。ただの散歩が「ラッキードッグを数える時間」になってから、散歩のことが前よりも好きになった。

犬が見たい、犬を愛したい。思わず『怪獣のバラード』を替え歌で犬に改変してしまうくらい犬が大好きな犬好きなのだが、悲しい事実がある。「犬をなでる」という簡単にできるように思える行為が、犬を飼っていないとほとんどできないのだ。高知の自宅は堤防のすぐそばにあり、二拠点目の東京の自宅も近所に公園がある。どちらも朝や夕方には、犬と飼い主の散歩天国のようになっている。とても身近で間近な距離に犬がいる。手を伸ばせば犬に触れられる。けれどそれはできない。こちらは、彼らをラッキードッグと呼び、その一瞬の出会いを楽しんでいる立場だが、犬たちはそうではない。人間が通勤や通学のために駅まで歩くのと同じように、日常の当たり前の行動として散歩を遂行している。パトロールをしているつもりの犬もいるだろうし、「飼い主を散歩させなければならない」という使命感に駆られている犬もいるはずだ。それぞれの認識は違えど、散歩コースを歩かなければならない理由がすべての犬にある。そんな大切な時間の最中に、いきなり知らない人間が体に触れようとしてきたら。それは、妨害だし犯罪だ！　犬はいつでもなでていい存在、という傲慢な考えを持っている人がいたら、どうか改めてほしい。犬には犬の犬権があり、犬からの許可がなければ触れてはいけないのだ。無許可で触れるなんてそれは「なでハラ」である。

犬パラダイスのような朝の散歩コース。犬&飼い主と私の間には、透明で分厚い隔たりがあるのだ。

二年前。毎朝の散歩ですれ違うおじいさんとミニチュアダックスがいた。おじいさんは近所に住んでいて、頻繁に散歩で遭遇するので、そのうち挨拶をするようになった。「おはようございます」とただ一言交わすだけなのだが、ある朝、挨拶をしたらミニチュアダックスの方から私に寄ってきてくれたのだ。そのときおじいさんが「なでてみますか」と言ってくれて、私はそのとき初めてその子に触ることができた。まるで恋愛シミュレーションゲームのようだった。挨拶を続けることで犬の警戒心が解けて、犬なでチャンスがアンロックされたのだ。「実績解除」の瞬間だった。きっと「なでてもいいですか」と一言声をかけていたら、快く許可を得られていたのだと思うけれど、人間同士の交流を見て、犬も心を許してくれたのかもしれない。

いつか歩いているだけで犬の方からやってくるような、犬にモテモテの存在になりたい。そう願いながら、今日もこっそりすれ違う犬たちに視線を送り、後ろ姿を見つめている。

ちなみに完全に余談だが、テンションが上がって鼻息荒く走り回っている犬や、フゴフゴしながら地面に背中をこすりつけている犬のことは「ガウガウザウルス」と呼んでいる。ちっちゃい恐竜みたいでかわいいからである。ガウガウザウルスも出会うと嬉しい、ラッキードッグの一種である。

スキップとローファー

漫画作品。高松美咲著、講談社刊。2018年から、『月刊アフタヌーン』（講談社）で連載。2023年にアニメが放送された。地元の石川県を離れ、東京都の高校へ入学した主人公・美津未《みつみ》と、彼女が出会うクラスメイトたちとの物語。テレビアニメ版のストーリー紹介は、「ときどき不協和音スレスレ、だけどいつのまにかハッピーなスクールライフ・コメディ！」

https://afternoon.kodansha.co.jp/c/skiptoloafer.html

ステップ

始まりの春の裸足のうつくしさ　汚れてもいいそのうつくしさ

おそろいのドレスコードのうれしさに胸のパンダのピンひかってる

夏の日の遅く短いモノレール　「いつか」を現実として話した

ヒーローのような威嚇のコアリクイ　ピークじゃないよまだこの日々も

沈みゆく砂のねむたさ　本当の好きのほんとうってなんですか

踏み込めば傷つくこともある　きみはそれでもお土産をくれたひと
はじめての蟹につつかれ逃げられて何が見せられるだろうこれから

君だからうれしいんだときみが言う　日陰の外へ一歩踏み出す

読んでいるうちに、つーっと涙が流れていて、気づいたときにはそれがだばだばと止まらなくなっている作品がある。『月刊アフタヌーン』で連載中の『スキップとローファー』だ。頭で理解する前に、感情が溢れてしまうような、そんな瞬間が無数にあるのだ。どうしてそうなってしまうのか、その理由についてしばらく考えていて、だんだんわかってきた。

『スキップとローファー』の主人公は、石川県の凧島《いかじま》町から東京にやってきた、岩《いわ》倉美津未《くらみつみ》。クラスメイトが数名しかいない田舎町から、官僚になるという夢を抱いて進学校に首席入学した彼女は、家族や友人からは「勉強以外のことはかなりズレている」と言われる女の子。彼女が慣れない東京の土地で奮闘し、周りの人を驚かせながらも心をほぐして笑顔にしていく。

「人の悩みのほとんどは対人関係によるものだ」と心理学者のアドラーは言った。

自分とは異なる他者との比較によって、劣等感や競争意識は生まれる。書籍『嫌われる勇気』（ダイヤモンド社）の中でも、「宇宙のなかにただひとりで、他者がいなくなってしまえば、あらゆる悩みも消え去ってしまう」と語られている。他人から下される評価、勝手につけられる序列。そういう人間関係の中で生じる様々な悩みや不安を『スキップとローファー』はリアリティーをもって描いている。どうしてこんなに細やかな感情の揺れ動きを描写できるのだろう、と、毎回作者の高松先生には尊敬の思いが止まらなくなるくらい、心の機微がとても丁寧に繊細に描かれている作品だ。

私がもっとも感情移入してしまうのは、美津未のクラスメイトの一人である志摩《しま》聡介《そうすけ》だ。志摩くんは整った顔立ちや柔らかい雰囲気から、常に異性からの視線を集める男子生徒として描かれている。志摩くんは入学式をボイコットしようとしている最中、乗換駅で迷って遅刻した美津未と出会い、二人で通学路を走って登校するところから徐々に美津未に惹かれ始める。

いつもにこにこしていて誰からも好かれている志摩くんがどこか寂しそうな顔をしているとき、人との関係に一歩踏み出すのをためらう姿を見るとき、なんだか自分のようだなあと思ってしまう。志摩くんは、過去の傷ついた出来事から、再び傷つくことを恐れている。表面上はとても穏やかで、クラスの中心にいるけれど、心の中は寂しそうだ。志摩くんは人の素敵なところを見つけるのが上手な人で、周りの友人の魅力にたくさん気づいている。けれど、その目を自分自身に向けるのは苦手なようで、自己評価がものすごく低いように見える。

本当に親密になるための一歩を他人に対してぐっと踏み出せないのは、私も同じだ。私は、他人と本当に理解し合えることはないんじゃないか、と思っている。それぞれが持っている価値観や美意識、信念を少しのずれもなく、100%間違いのない意味で理解し合えることは、きっとない。理解し合おうとすることはできても、完全に理解できることはないと思う。それは明るい諦めと言ってもいい。だからこそ、互いの違いやわかり合えなさを受け止めながら、それでも今ここで一緒に過ごせることを、楽しく心地よく分かち合いたい。そう思っているのだが、他人と理解し合うことを諦めている自分を、寂しく感じることがある。

『スキップとローファー』の登場人物たちを見ていると、なんだか奇跡を目撃しているような気持ちになる。私が無理だと諦めたことが、美津未や志摩くんの周りでは起きているのだ。

価値観が違っても、性格が違っても、親しくなれる。それは物語の世界の出来事だからではない。主人公の美津未が「理解できない存在だから」といって他者を遠ざけず、相手に気持ちを届けようと勇気を出して一歩踏み出すからだ。クラス対抗スポーツ祭で女子たちの歓声を集めている志摩くんに「自分とは違う立場だからこそ、寂しさを感じているのではないか」と、一度は渡すのを躊躇した差し入れを渡しに行く。まっすぐに自分を差し出す美津未の姿勢が、小さな奇跡を生み、それは徐々にドミノ倒しのように大きなエネルギーになっていく。

転ぶかもしれなくても、傷つくかもしれなくても、その前に人に愛を差し出している。そのまっさらな献身に、心を動かされる。人と人は完全にはわかり合えないかもしれない。それでも、傷つくことを恐れず、人を愛することはできる。それがどれほど難しいことかわかっているから、恐れない美津未に胸を打たれる。志摩くんが美津未に惹かれるのと同じように、私も美津未に惹かれている。

私たちはきっと、人間関係という悩みの絶えない世界の中で、いつも小さく傷ついている。でもその傷を見ないふりしたり、大丈夫だと平気なふりをして、なんでもなかったように過ごしている。傷つきたくないから、「あの人とはわかり合えないんだ」と理由をつけて、相手に踏み込むのをやめてしまう。そういう、小さく傷ついても大丈夫なフリをしてかさぶたになってしまった傷痕に、『スキップとローファー』の優しさと勇気は、じんわり染みるんだと思う。

アニメ『スキップとローファー』のオープニングに、美津未と志摩くんのダンスシーンがある。スキップするように跳ねる美津未のステップを皮切りに二人は踊り始める。ちょっとだけ照れたりよろけたりする二人のダンスの動きは完全にはそろっていないし、プロのダンサーのようには決まっていない。

人に見せることを意識しないダンスは、踊る二人の喜びのためにある。楽しいから踊る。嬉しいから踊る。二人で踊ることに集中して、たまに微笑み合って。本当に二人が楽しそうなのが良くて、驚くほどぐっときてしまうのだ。

生まれも育ちも価値観も違う二人。向かい合い、誰のためでもなく自分たち二人のために楽しく踊っている姿を見ると、二人が出会ってくれてよかった、と心の底から思ってしまう。美津未に出会って変わりつつある志摩くんの、恐れずに人と向き合う姿に、大きな氷がゆっくり溶けていくような希望を見て、私はまたじんわりと泣いてしまう。

友人である二人の関係性が、この先どう変化していくのか本当に楽しみだ。

ぬいぐるみ

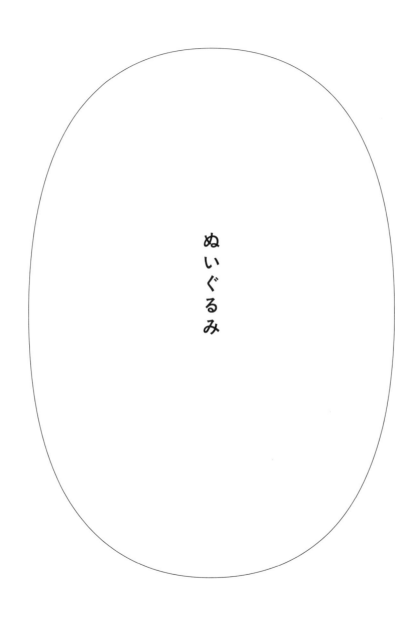

かたち

献身のすがたで生み出されているその優しさが怖かった　冬

愛情がほしいときだけ寂しさがつよいときだけ求めて、勝手

迷いなく愛のフォルムで射貫くから愛す覚悟できみを迎える

抱きしめるときに抱きしめられている　欠けたところを埋めるかたちで
一度だけきみに抱かれた感触を覚え続けているぬいぐるみ

深窓に埃は積もる　雪の降る町を見下ろすドナルドダック

ぬいぐるみ買わない主義

ぬいぐるみを見ると泣きたくなることがある。ぬいぐるみ自身の意思とは関係なく、人によって、人に愛されるように作られた彼ら。微笑んでいたり、すましていたり、ゆるんでいたり、それぞれ素敵な表情でこちらを見ている彼ら。なんだか胸のあたりがぎゅっとなる。抱きしめるとふわふわしていて悲しみを受け止めてくれる。私のことは無条件で受け入れてくれるのに、私は、彼らをかわいがることも、手放すこともできる。愛しいと思う気持ちは本当でも、愛しいと思うすべてのものに平等に時間を費やすことはできない。そこには愛の偏りが生まれる。そういうことを考えてしまうから、泣きたくなってしまうのだろうか。愛する、愛されるということについて触れてしまうから、こんな風に思うのだろうか。

つぶらな瞳に対峙すると、私は彼らを手に入れた責任を全うできているのだろうか？　と思ってしまう。愛されるためにデフォルメされたその姿に、同じように愛を返せていないことが申し訳なく、「捨てる日」がこわくてぬいぐるみが買えない。

街で目が合っても、ずっとずっと所有し続けられるか？　愛せるか？　と自問自答して、買うのを踏みとどまるようになった。ほんとうに愛せないなら、ぬいぐるみがかわいそうだ。

だから私はぬいぐるみを買わない主義になった。

買わない主義になったはず、だったのだが、最近はぬいぐるみと暮らしている。買わない主義を撤回することになったのはカニの〝カーニ〟との出会いだ。

カーニに出会ったのは二拠点生活を始めた去年のこと。東京駅のスーベニアショップだった。ぬいぐるみコーナーの一角、薄ピンク色の身体でニヒルに口角を上げているカニのぬいぐるみに、釘付けになった。こんなふわふわのカニいる……？　と。持ち上げて、くまなく身体を見つめてから、そばにカニのいる生活に思いを巡らせた。高知と東京を行ったり来たりする生活に、小さなお供がいるのはいいかもしれない。大きさはてのひらくらいのサイズで、お出かけにつれていくのも楽しそうだ。彼との関わり方が想像できたので、私はその子を購入し、お迎えした。すぐにカーニと名をつけた。由来はカーニバルのように楽しくなれるから、とかではなく、カニを長く伸ばしただけです。安直で気に入っている。

小さなカニとの暮らしを続けていくうちに、私の興味は少しずつ大きなぬいぐるみに向かっていく。そういえば、しばらくぬいぐるみを全力で抱きしめていない。久々にその感触を味わいたくなった。気づけば、部屋のインテリアに馴染んでくれそうなデザインのミッフィーぬいぐるみを二つ、購入していた。

そのあとでやってきたのが、ピカチュウだ。

おもちゃ会社「トミー」から発売された〝初代〟ピカチュウぬいぐるみは、ほとんど首がない。ずんぐりとしていてまんまるで、二頭身くらいだ。テレビアニメ「ポケットモンスター」の放映をきっかけに、ポケモンは爆発的に子どもたちの間で人気のコンテンツとなった。そのときに販売されたのが、この〝初代〟。首には紙のタグがぶら下がっていて「ＰＩＫＡＣＨＵ　１／１」と書かれている。実際のピカチュウのサイズでつくられた、高さ40㎝のぬいぐるみなのだ。

小学生だった当時、私はこのぬいぐるみを持っていなかった。親にねだったこともなかったと思う。だけどアニメの放送のたび、ＣＭで身長測定器に載せられて「ピカチュウ40㎝！」と身体測定をされているあの子にはなんだか親近感が湧いていた。最近、ＳＮＳで初代ではない昔のピカぬいと暮らす人のアカウントを見ているうちに、40㎝の等身大のピカチュウを思い出した。もう二十五年前のもので、再販はしていない。大きなミッフィーのぬいぐるみを抱きしめながら、等身大ピカチュウをゆるゆると探す日々が始まった。

一ヶ月ほど経ったある日、メルカリでその子と目が合った。写真の雰囲気から惹かれるものがあった。全部同じ製品でしょう、と思うかもしれないが、二十五年経っていると、それぞれの顔つきは多少違う。というかかなり違う。家族に話したら「一緒じゃん」と言われたので、私にしかその違いは見えないのかもしれないが、ビビッときたその子を、私は迎えることにした。

ピカチュウがついにやってきた。箱を開けて目が合った瞬間「かわいい!!」と叫んでいた。まんまるでもちもちだ。抱きしめるとずっしりと弾力があって、もう既にメロメロだ。どうしてもお礼を言いたくて、出品者にメッセージを送った。ずっと初代ピカチュウを探していたこと、一目惚れしたこと。これからずっと大事にします、と伝えると「よかったです! わたしもかわいいな~と思いながら梱包しました。可愛がっていただける方に引き取ってもらえるのは、とっても嬉しいです」という返信が来た。最後に合掌の絵文字がたくさんついていた。

ピカチュウの毛の色は時間の経過を思わせない、あざやかな黄色を保っていた。しかしやはり年代物ではあり、しっぽが曲がっていたり、顔やお尻が黒くすすけている。私はぬいぐるみのクリーニングサービスにピカチュウを送り出すことにした。そこでは、全国から宅配便で預けられたぬいぐるみたちがスチームを浴びてきれいになっていく。宅配便でピカチュウを送った。再会できるのは一ヶ月後だ。

クリーニングサービスのSNSに、たまたま私のピカチュウのエステ動画がアップされた。なんとちょうど同じときに、同じ形の初代2匹が他にも預けられていたらしい。3匹はそれぞれ小さな回転台の上にちょこんと座っている。周りに三人のお兄さんが蒸気の出るアイロンを手に立っていて、ゆっくりと回るピカチュウの耳、顔、尻尾、手足に、繊細な手つきで蒸気を浴びせていた。どれがウチの子か、わかった。右耳がわずかに曲がっている、あざやかな黄色の子。他の2匹と比べてみると、三者三様まったく違う顔つきをしている。残りの2匹は毛並みが少しだけ白っぽくなっていて、形も姿勢も異なっていた。それは優しく歳をとった老犬のようにも思えて、大切に可愛がられてきたのがわかった。

たぶん、愛とは、能動的な行為で、しかも覚悟を要することなのだと思う。ぬいぐるみを手にすることを恐れていた頃、私は愛のことなんてちっとも知らなかった。今でも知らないことの方が多いかもしれない。それでもぬいぐるみを迎えることで、愛し続ける覚悟のなさが露呈するのは、きっとわかっていたのだ。もしも相手が私と同じ人間であれば、関係性を継続するのか、終わらせるのか、相手は決めることができる。けれどもぬいぐるみはそういうわけにはいかない。こちらが気に掛け、愛さなければ、部屋の隅で埃を被り、同じ部屋の同じ角度を静かに見つめ続けさせることになる。言葉を発することも、動くこともなく、少しずつ古びていく。それが私は怖かったのだ。

東京の自宅に届いた大きな箱を開封する。満足げに見える顔つきのピカチュウが、こちらを見上げていた。顔を近づけて息を吸い込むと、わずかにせっけんのような清潔な匂いがした。私はピカチュウにはオリジナルの名前をつけた。それは私とピカチュウ本人だけが知っている名前だ。普段はピカちゃんと呼んでいるけれど、たまに、本当の名前でも呼ぶ。抱き上げて顔を近づけるとき、ピカちゃんは何も言わないけれど、いろんな気持ちを受け止めて、まっすぐに私を見つめ返してくれている。

ゴールデンカムイ

漫画作品。野田サトル著、集英社刊。2014年から、『週刊ヤングジャンプ』（集英社）で連載。2018年からテレビアニメが放送され、2024年には実写映画が公開された。明治末期の北海道を舞台に、日露戦争の帰還兵である杉元とアイヌの少女・アシㇼパが、隠された金塊を巡る戦いに身を投じる。

https://youngjump.jp/goldenkamuy/

傷と不死身

生きるため鬼神となれば故郷に突きつけられる　あなたはどなた

干し柿のかじったところ　虚のある心はずっと戦場のなか

百万回生きて出会った相棒とゆく雪原に伸びていく影

金の滴降る降る旅のピリオドの先でもそばにいてと言えずに

月も星も隠れた夜の漆黒の瞳湛えてあなたの毒矢

言霊を　死なないための儀式からきみに安堵を与えるために

耐えたとてついた無数の傷痕を背負ったままで生きていこうか

魅力的なキャラクターはたびたび強力な決め台詞を持っている。『名探偵コナン』の江戸川《えどがわ》コナンはアニメのオープニングで「真実はいつも一つ」と言い、『美少女戦士セーラームーン』の月野うさぎは、セーラームーンに変身すると「月にかわっておしおきよ！」と言う。歌舞伎の見得のように、お約束のセリフが作中に出てくると、きた！　と興奮を覚える。嬉しくなる。

漫画『ゴールデンカムイ』の杉元佐一《さいち》もまた、そんなお決まりのセリフを持つ主人公である。本作の舞台は明治時代後期の北海道で、アイヌが残した莫大な金塊を巡り、脱獄した囚人たちと軍人たちが熾烈な戦いを繰り広げる。杉元は「俺は不死身の杉元だ！」と叫ぶ。戦いの中、ピンチに陥りそうなとき。相手を絶対に倒すと心に決めたとき。鼓舞するように、自分の魂を奮い立たせるように杉元は叫ぶ。

「俺は不死身の杉元だ」という名乗り方は、よくよく考えると変である。不死の身体と書いて不死身。その字面から「死なない身体」という印象を強く受ける。人間にとって不死はありえない。それでも「不死身」と何度も彼が名乗るうちに、杉元は本当に死なない存在であるような気がしてくる。敵も味方も、彼を不死身として認識する。

どうして「俺は不死身だ」という宣言ではなく、「俺は不死身の杉元だ」という名乗りの形式なのだろう。気になって、杉元が「俺は不死身の杉元だ」と口にするシーンを調べてみた。三十一巻ある中で杉元がこの名乗り方をするのは、全部で11回あった。では彼はどんなときにこのセリフを口にしているのか。最初にこのセリフが登場するのは一巻第二話。巨大な熊との戦いの中で、覆い被さられそうになったとき「殺してみろッ俺は不死身の杉元だ」と鬼気迫る表情で叫んでいる。また、脱獄囚の白石とともに極寒の川の中に落ちたとき、凍死寸前の状態でもなんとか生き延びようと、川底に落ちた銃弾を潜って捜す決意をする直前、「俺は不死身の杉元だ」と口にする。

死と隣り合わせ。死がすぐそばに迫っている場面で、杉元は己は不死身だと口にしている。自分を殺そうとする敵や自然の猛威と対峙し、命を取られてしまいそうな場面で、力の限り不死身だと名乗ることで、死から逃れているようにも見える。言霊によって運命に切り込み、一縷《いちる》の可能性を摑み取っているようである。それは、相手を気迫で圧すことを狙っているというよりも、何か見えない流れを味方にする効果があるような気がする。「俺は不死身の杉元だ」と、運命に向かって自分が何者であるかを宣言しているのだ。そうやって絶体絶命の状況を切り抜けていく様は、自然や神を味方にしているようにも思える。

初めての本『水上バス浅草行き』が刊行されたとき、店頭にならぶ本の表紙に自分の名前が書かれているのを見て、突然怖くなった。自分の本当の名前が世の中にまっすぐに出ていくという実感が初めて湧いてきて、なんだか自分の魂が剝き出しの状態で差し出されているような怖さを感じたのだった。

執筆活動の名前に、私は本名を選んだ。会社員としての仕事と、短歌をつくることが同じ名前の下でいつか交わったらいいなと思ったからだ。歌集が話題になり、取材を受け、仕事が増え、歌人 岡本真帆として名乗ることが増えていった。自分の至らなさを一番知っているのは自分だ。私なんかが歌人を名乗っていいのだろうか、とたびたび不安になった。でも、歌人 岡本真帆を名乗るうちに、だんだんそれが私自身であることを、自分が受け入れていくのがわかった。歌人 岡本真帆として何ができるか、何がしたいかを考えるようになっていった。

私は私だ、と大きな声で名乗ることは実は怖いことかもしれない。否定されたり、笑われたりするかもしれない。けれども、臆病な気持ちを抱えたままでも名乗ることを続けていたら、それはだんだんしっくりとくる響きになった。

「俺は不死身の杉元だ」と己の運命に向かって名乗る杉元のことを想う。

それまでの生き様と、これから選び取りたいもの。自分が自分であること、それ以上でも以下でもないことを受け入れたうえで、前へと突き進もうとする杉元のエネルギーに私は憧れる。個性溢れる登場人物がたくさん登場する本作で、私が一番眩しいと思うのは、まっすぐに名乗り切り込んでいく杉元佐一だ。

「好き」で短歌をつくるには？　②

Q，なかなか「いい短歌」ができません。

A，当然です。まだまだ〝磨き〟が要るんです！

短歌で表現したいこと（What）が見えてきたら、今度は短歌の形に落とし込んでいきます。どう言うか（How）を磨いていきましょう。

短歌は基本三十一音です。それよりも音数が多い物を字余り、音数が少ないものを字足らずと言います。ですが、初めのうちは定型を目指して言葉を組み立てましょう。

三十一音しかない短歌は一見窮屈そうに思えるかもしれませんが、案外いろんなことができます。定型という制限があるからこそ、何を表現するか、何を言わないかを突き詰めて考えることになるのです。
それでは、私が用いている3つのステップをご紹介します。

①言葉にして、自分の心に問いかける。その反応を見る

思い切って書いてみる。書いたものを点検する。基本はこの繰り返しです。

表現したかったこととずれていたり、間違った言葉選びをしているとき、ちょっと違うなあ、とか、そうじゃないんだよなあ、と私は違和感を覚えます。しっくり来ないときは、とにかく手を動かしていきます。使っている言葉を、少しずつ変えてみましょう。

②類語表現で音数のバランスを変えてみる

「あなた」は三音ですが、「きみ」は二音です。「あなた」と「きみ」は同じ二人称代名詞でも言葉が持つ印象はかなり違うものですが、言葉の持つイメージだけでなく、音数が異なります。「あなた」を「きみ」に言い換えると、音数が一音減ることになります。

ほかにも、「笑う」と「微笑む」は類似性のある動詞で、笑顔のイメージはかなり異なるものですが、三音と四音で音数も違います。

短歌の推敲は定型の中でやっていくことなので、一部の単語を違う音数に差し替えると、必然的に他の語句も変えることになります。

今選択している言葉のうち、名詞や動詞を別の単語に置き換えたり、代名詞を固有名詞に変えてみたり。音数に揺さぶりをかけてバランスを変化させていくと、似ているけれど印象の異なる歌としてバリエーションが作れるようになります。

③視点を変えてみる

短歌の光景を切り取るカメラがあるとします。このカメラの場所を変えてみましょう。

短歌の主体（主人公）目線だった歌を、俯瞰に変えてみたり、むしろ対象物にかなり接近するように、接写のイメージで描いてみたり。描こうとしていた物そのものの視点にしたり、主体と一緒にいる相手側からの物語にしてみたり。時間を変えることもできます。その状況から未来を意識してみたり、過去を思い出してみたり。②はある程度固定されたシチュエーションのなかで言葉を動かしていくイメージでしたが、③は視点を変化させることで、見えていなかった側面の可能性を模索するようなやり方です。

言葉にして、点検する。①~③を繰り返していくうちに「これしかない」と思える表現が見つかります。これ以上もう何も動かせないな、これが短歌にしたかったことだな、と確信する瞬間は必ず来ます。そうなったら完成です。

最初から完璧なものを目指さなくて大丈夫。楽な気持ちで言葉にしてみて、自分の心に問いかけてみることが大切です。「この言葉は、言いたいこと・伝えたいことを表現できているだろうか?」一度形にしてみたら、いいか悪いか判断ができるようになるはず。間違っていてもいい。まずはぜんぜん遠い言葉でもいいから、三十一に近づけるように言語化してみましょう。

そのあとは、ひたすら磨きます。点検する。磨く。この繰り返しです。

いい短歌は簡単にはできません。私はだいたい1首につき3～10パターンはバリエーションをつくって推敲していますが、慣れていないうちは、もっとたくさんつくってもいいかもしれません。ゲーム感覚で、パターンのノルマを課すのもありですね。

推敲に何年もかかることもあります。3年越しにようやくできた短歌もあります。

一つの表現、視点に囚われず、さまざまな角度から描写しなおしてみる。焦らず、根気よくやっていきましょう。

ちいかわ

なんか小さくてかわいいやつ

漫画作品。ナガノ著、講談社刊。2020年から、SNSで連載。2022年から、フジテレビ系列番組「めざましテレビ」内でアニメが放送された。主人公のちいかわと、その友人のハチワレやうさぎたちの日常が描かれる。

https://x.com/ngnchiikawa

友達

朝露で湿った草に寝転んでふたりぼっちになる風の下

色も素材も形も違うブロックを合わせてみたらしっとり合った

たぶん今おんなじだよね　そうだよね　頭の中で流れてる歌

やさしさもつよさなんだよ土砂降りも気にせず君は手を差し伸べて

いつの日も変わることなく（変わっても）
友達でいて　食べよ、チャリメラ

できる、できない、はんぶんこ

ＳＮＳをやっていてもいなくても、ちいかわと聞いて、ピンとこない人はいないのではないか。そんな風に思うくらい、『ちいかわ』は人気コンテンツとなっている。イラストレーターのナガノ先生が「こういう風になって暮らしたい」とＴｗｉｔｔｅｒに投稿したイラストがこのキャラクターたちの始まりで、今やアニメ、グッズ、企業コラボなどさまざまな場所で『ちいかわ』を目にするようになった。「なんか小さくてかわいいやつ」を略して『ちいかわ』だが、かわいいだけの存在・物語ではないというのが人気の肝だと私は考える。

私が一気に『ちいかわ』に引き込まれたのは、その世界観だ。小さくて非力なちいかわたちは、草むしりや討伐などの日雇い労働でお金を稼ぎ、生活している。主人公の「ちいかわ」は友達思いで臆病なキャラクター。警戒心が人一倍強く、友人の「ハチワレ」や「うさぎ」に比べてあまり要領がいいとは言えない性格なのだが、互いに助け合い、慎ましくも暮らしを等身大で楽しんでいる。そんなほのぼのとした日常が、圧倒的な力を持つ討伐対象や、不思議な魔力を持つものの存在によってたびたび脅かされる。単にかわいいものたちのかわいい世界だと思って読み始めると、思わぬ角度から刺されることになり、笑って読んでいたはずが気づけば真顔になっている。現実社会に存在する理不尽さや、生きていくことの難しさ、哲学、奥深さ、など示唆に富んだ作品となっていて、まだまだ何かが隠されていそうな世界観に私は夢中になっている。

怖いとわかっていてもホラー映画を観るように、苦しさが描かれるとわかっていて『ちいかわ』を読む。特にハチワレの存在は、私の心をざわつかせる。

ハチワレは猫のような見た目の、ちいかわの友達だ。ハチワレは天真爛漫で危険に対する警戒心があまりない。『注文の多い料理店』のパロディのエピソードでは、自分がトルティーヤに包まれて食べられそうになっても、状況を理解していなかった。ハチワレを見ていると、微笑ましいという感情よりも苦しい気持ちややるせない想いが湧き上がってしまう。昔の自分を思い出してしまうのだ。

三歳から暮らし始めた故郷は、高知県西部に位置する。幡多《はた》と呼ばれるこの地域は東京から最も遠い地域とも呼ばれていて、私はその中でも比較的利便性のある町、中村市（現 四万十《しまんと》市）で高校卒業までの時期を過ごした。県の森林率は84％。四万十川が流れていて、遠足は近くの浜に行くような自然豊かな場所だ。どこを見渡しても必ず山が視界に入るのどかな風景の中でゆったりと育ったからなのか、もともとの私の性質なのか、のんびりとした素直な子どもだった。

そうか、私は、結構ぼんやり生きてきちゃったのかもしれないな、と気づいたのは、関東の私大の三年生になり、就活を始めたときだ。一年生の頃からインターンを始めて、いち早く就職先を確約させた人。先輩と強い繋がりを作っている人。学歴の良い人。周りは有利にコマを進めていた。私にはなんの繋がりもない。東京で生まれ東京で育った人は、幼いときからいろんな道を見据え、準備して、選択しているのだ。田舎育ちの私は、都会での戦い方を知らなかった。大学に入ってから慌てはじめたところで、準備をしてきた人たちにはかないっこないんじゃないか。

私は社会で生き残るために誰かと本気で競い合ったことがなかった。ましてや、他人を欺いたり、蹴落とそうとしたこともなかった。ほとんど他者の敵意や悪意に触れることなく、純粋に、自分の興味の向かう方へと、計算も戦略もなく、進んできた。けれどもそれはあまりに能天気だったんじゃないか。いろんな価値観のうごめく、競争の渦の中に自分が立たされたとき、そう思った。この社会で生きていくのには、ピュアな気持ちだけではだめなのかもしれない。幸せや充足を感じてきたそれまでの生き方が、なんだか愚かに思えてしまった。社会の仕組みを理解して行動してきた人たちに比べて、なんて世間知らずだったのだろう……と自分が恥ずかしくなった。

ハチワレは、相手のことを微塵も疑わない。潜んでいる危険に気づかない。気づけないまま、明るくそこにいる。それはなんだか、昔の、上京したばかりの自分と重なる。ハチワレは天然で、素直で、悪意やピンチに疎い。世界が悪意に満ちていることを、たぶん深刻に捉えていない。いつか傷ついてしまうのではないか、痛い目をみてしまうのではないかと心配になる。ハチワレが間違った方に進みそうになるたび、私の胸はぎゅっと締め付けられる。

単行本で『ちいかわ』の物語をまとめて読んでみた。SNSでとぎれとぎれに投稿を読むのではなく、物語の始まりから順に読み返していくうちに、私のハチワレとちいかわに関する印象が変わっていった。ハチワレの行動力と警戒心のなさは、慎重で臆病なちいかわに喜びを与えている。ちいかわが言えないことをハチワレは言える。たとえば、ちいかわが買おうとしているポシェットに穴があいているとき。そのことを言い出せず、どうしよう、と不安を抱えるちいかわをよそに、ハチワレはまっすぐ指摘して商品を交換してもらう。二人で行ったラーメン屋で、練習してきた特殊な注文が上手く言えないちいかわに、ハチワレが助け船を出して注文する。ちいかわには、ハチワレがいたから得られた勇気がある。

ハチワレのいいところに改めて気づいたときに、はっと、私もそうなのだとわかった。警戒心がないから前に進めるし、そうやって親しい友人と勇気を出して出かけた場所もある。「また勇気だして美味しいものたべよッ」というハチワレのセリフは、ちいかわに向けられたものだけれど、そうやって誰かを励ますハチワレの明るさに過去の自分を見たような気がする。昔の自分が肯定されたような気がした。

いつも助けられてばかりのちいかわのことを愚鈍だと言う人がいる。何度もテストに落ちたり、怯えていたり、一見弱い存在に見える。けれどもちいかわは、たとえ自分が何かに脅かされようとも、己の優しさや善良さを手放さない強い自制心を持っている。そのブレない精神によって、うっかり危ない道に踏み出そうとするハチワレのことをいつも救っている。

誰もが弱さを持っている。でもその弱さは、反転すれば誰かにとっての希望でもある。ちいかわとハチワレの、互いのへこみを補い合うような関係に、私はとても救われている。

酒

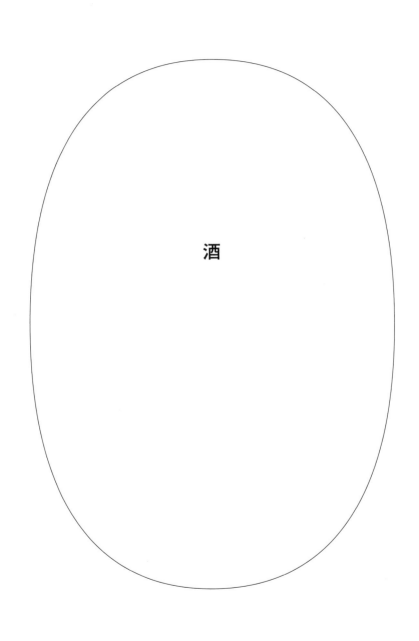

小さく無敵

主人公《ライバル》にやっと出会えたライバルのように嬉しくプルタブ開ける

友といることの嬉しさ確かさは小さなスター小さく無敵

日本酒の味をみんなで確かめて「水のよう」ってすぐ言っちゃうの

酔っているからこそ本気だったのだ　早く死んだりしないでねって

目覚めたら忘れてしまういい夢のようにあなたと泡のひととき

きみとゆく商店街に人生に店は溢れて夜が足りない

猫のカルピス、酒の犬

ストロング系チューハイの8缶目を開けたとき、酒豪の友達が「まほぴもお酒強いんだ」と言った。『NANA』かと思った。「あんたもナナって言うんだ」は、偶然新幹線で隣り合った二人のナナが出会うシーンの名台詞だ……と思われているが、じつはこのセリフは原作に存在しないらしい。それはさておき、二〇一九年の冬。その日私は自分に飲酒のポテンシャルがあることを、初めて自覚した。

高知県出身です、と話すと「お酒強いでしょう」とよく言われる。高知はお酒が強い人が多いからそういうイメージを持つのかもしれない。実際にお酒は飲める方で、飲んでもほとんど顔色は変わらないし、どんなジャンルのものでもいける口だ。じゃあそれが高知の血筋なのかというと、高知出身の父はお酒に強い方ではなく、一杯飲むと真っ赤になっているので、千葉生まれの母親ゆずりのものかもしれない。母、というか母方の祖父がお酒に強く、朝だろうが昼だろうが、いつも焼酎を飲んでいた。

お酒が好きな人は、お酒が飲めるチャンスを日々の中で探している。新幹線の中。休日のランチ。散歩中。「オレンジのキャップで売られているホットミルクティーに、ウイスキーを入れるとバレずに飲酒ができる」というのは、酒好きの友達からの受け売りだ。ミルクティーとミニボトルのウイスキーをコンビニで調達して、ミルクティーを一口、二口飲んでから、そこに嬉しそうにウイスキーをどくどくと注ぐのを見たとき、あ〜お酒が好きな人がここにいる！　と感動した。実は、私はそうではないからだ。お酒には愛されているが、私はさほどお酒を愛していない。

外出して一人で夕飯を食べるとき、家でご飯を食べるとき、ほとんどお酒を飲まない。一人で飲むとどうしてか、いつも眠くなってしまう。みんなと飲むときは何杯でも飲めるのに、一人になると缶ビール1缶も飲めない。3分の1飲んだらそれで満足してしまう。徐々にだるくなって瞼が重くなり、あらゆるやる気を失ってしまう。一人のときにお酒を飲んでも何もいいことがない。お酒を飲んでまどろんでしまったら、今日が終わる。そんなことは望んでいないから、お酒を飲むチャンスを探したことがほとんどない。

東京の住まいの近くに酒屋のカクヤスがある。そこにたまに立ち寄るのだが、お酒は買わずに業務用のカルピス原液1ℓを買っている。アサヒ飲料は五倍希釈を推奨しているが、私は六倍くらいが好きだ。お酒には目もくれず、まっすぐカルピスの棚を目指しては大きな猫を抱きかかえるように両腕で抱きしめて家まで帰る。お酒は別に飲みたくない。それよりもカルピスが飲みたい。

ただ、人と飲むとなると話は別だ。お酒は、やはり誰かと飲むときこそが楽しくて、おいしい。特に、お酒が好きな友達と一緒に飲むのが最高だ。

それぞれが好きなお酒を手に持って、乾杯をする。みんな嬉しそうに目を細めている。その光景が、雰囲気が好きだ。みんながんばってきたんだな、この日に辿り着くために乗り越えてきたいろんなものがあるんだ。言葉にしがたい小さな喜びを噛み締めながら、とりとめのないことを語り合う。くだらないことも言い合って、笑い合っているうちに、手元のお酒は一定のペースで減っている。相づちを打つたびに一口、二口と飲むので、砂時計の砂が落ちるようにたんたんと減っていく。私はもうお酒を飲むモードになっている。

私が好きなのは、おそらく「酔っている」という共犯関係なのだ。あなたも酔ってくれるんですか？　一緒に飲んでくれるんですか！　という気持ちになっている。大きなゴールデンレトリバーが、遊び相手を見つけてしっぽをぶんぶん振るような感じだ。どんなお酒も飲めるけど、一人で飲んでもむなしいだけ。でも一緒に酔いの共犯関係を結んでくれる人がいるなら、日本酒をシェアしたいし、ワインのフルボトルも楽しみたい。「これ飲んでみない？」と言われたら、喜んで乗っかる。楽しいとお酒のスイッチが入って、いくらでも飲める。楽しくお酒を飲んでいる！という事実に楽しくなって、どんどん加速する。そうやってストロング系チューハイを8缶あけた翌日は、さすがに内臓の疲れと頭痛がやってきたけれど、「まほぴもお酒強いんだ」と認められたことは、嬉しかった。どこまでも一緒に走れる仲間に出会えた感じがした。

私はお酒が飲める。それは言い換えれば、お酒に愛されているということだ。ただ、やっぱりお酒を愛しているとは言いがたい。

一流のリーダーとして有名な、京セラの創業者・稲盛和夫の名言がある。「人生・仕事の結果とは、考え方×熱意×能力である」と。人生方程式と呼ばれるものだ。たとえ私に酒が強いという能力があったとしても、それを愛する熱意や、活かそうとする考え方がなければ、ただ酒が強いだけ。それだけでは高みにはいけない。結局、何かを本当に愛し、試行錯誤を重ねる人が一番遠くまでいけるのだ。お酒を愛し、お酒に愛されている人には敵わない。

たまに考える。パラレルワールドには、お酒を愛し、お酒に愛されている私がいるのだろうかと。この世界線ではお酒が強いという才能を活かしきれていないけれど、お酒を愛し極めた私は、どんな晩酌をするのだろうか。業務用カルピスを自分好みに薄めて、静かに、そんな空想をしている。

短歌

百歳も歌をつくっているような確信　とんびくるくる回る

もう作れない歌がある曇天の空に透かしてみるシーグラス

枝先にビニール袋　今がまた過去になろうとするペンを取る

閉じているのに明るいね　祈るとき言葉のない場所のにぎやかさ

風は吹く、なんども　顔のない彼のかわりに川は光ってみせる

年老いたわたしは何を磨くだろう　強風のなかしゃっきりと立つ

この旅は永い吟行　忘れてもいいように書く　大切に書く

短歌を好きか？

短歌を好きか、と聞かれると、一瞬答えに詰まる。安易に好きと言っていいんだろうか。この連載は私の好きなものについて書いてきた。好きだと言い切れるとき、私の場合はその理由が明白だ。好きの説明ができる。どうして自分が心惹かれるのか、憧れるのか、説明ができる。でも短歌はどうだろう。そういう距離感とは違う気がする。

では、憧れなのか。憧れは、対象物と自分との間に少し距離があるときに用いられる言葉だと思う。素敵なものとして見上げるように見つめる。短歌は、憧れとも違う。短歌は見上げる場所にはない。近いとか遠いとか、そういうことじゃなく、短歌はたぶん私の中にある。私自身だと言ってもいいかもしれない。けれども一方で、どこにもないとも言い切れる。

短歌は追いかけても追いつけるものではなく、考えていくうちに気まぐれに姿を見せてくれる。東京の街で出会ってしまう、蛍や雪虫みたいに。本当にあったんだ、と、嬉しさを噛み締めるうちに、いつのまにか消えている。でも確かに存在したことの証明として、言葉は、残る。

雲間から見える天使の梯子とか、犬のおならとか、川面で一瞬見つける跳ねた魚とか。そういうものが短歌に似ている。偶然出会うきらめき。一方で短歌は、武器のようだし、信仰のようでもある。私だけの神様かもしれない。もっと恐ろしいものかもしれない。

ほんとうにあたしでいいの？ずぼらだし、傘もこんなにたくさんあるし

この歌は、「傘」というテーマ詠に取り組む中で生まれた。お題を与えられ、そのお題の下で歌をつくるのがテーマ詠だ。投稿サイト「うたらば」に投稿するために、まずノートを開き、傘という単語で思いつくさまざまな物事を書き出した。いわゆるブレインストーミングだ。そのときに、ふと玄関にあるビニール傘のことを思い出した。いつも天気予報を見ず、そのときの天気だけを見て家を出て行くから、出先で雨に降られてコンビニの傘を買ってしまうのだ。その性質のことを歌にできないだろうか、と思い至った。私はそのとき、この歌をつくる上でのルールを設け

た。二者間の会話の形式で、口語調で書いてみよう。何か小さな制限を自分に課すことで、おもしろいものができることがある。あれこれ考えるうちに「ほんとうにあたしでいいの?」というフレーズが出てきた。五七五七七の定型に言葉をさまざま当てはめながら、推敲を重ねていく。その先に、この短歌は〝あった〟。

平日の明るいうちからビール飲む　ごらんよビールこれが夏だよ

コロナ禍の外出自粛を余儀なくされる日々の中、日光を浴びたくてベランダに出た。当時住んでいたのはアパートの一階。午前中のわずかな時間だけ日当たりが良くなるエリアがあり、つっかけサンダルを履いてその日溜まりに立った。ままならない日々の中で、少しでも明るい場所に身を置きたかったのかもしれない。ひしめき合うように立つ建物の間から見えた四角い空。青く遥かで、澄んだ夏の空を見上げたとき、友人と出かけたある初夏の日のことを思い出した。クリアカップに入れたお酒を日差しにかざして、きらきらと輝く様子を楽しんでいたのだ。小さな日溜まりの中で空を見上げる気持ちよさと、夏の眩しさ、友人と過ごした時間の輝きが重なり合った。あの夏のうれしさを歌にしようと思ったのはそのときだった。

「すべての大理石の塊の中には予め像が内包されているのだ。彫刻家の仕事はそれを発見すること」と言ったのは、イタリアの芸術家、ミケランジェロだった。私も、短歌に対して同じ事を思う。まだはっきりと見えないけれど、確かにこの先に歌がある。確信とともに推敲を重ねるとき、私は彫刻家のようである。集中力は音もなく、針のように研ぎ澄まされる。ぼんやりとした、霧のような有耶無耶《うやむや》な空間へ、あるいは真っ暗闇へ、もしくは大きすぎる光の中へ、手を伸ばす。まだ見ぬ一首の輪郭を求めて、さまざま言葉を入れ替えて、摑もうとする。そうやって私は短歌に出会う。

　不思議なことに、いい歌がつくれたときは、わかってしまう。傘の歌も、ビールの歌もそうだった。本当にいい歌ができたときは、高揚感と少しの震えがやってくる。「もうこれ以上動かせないな」と直感でわかる。思い違いかもしれない。時間が経てば、冷静になるかもしれない。自分を落ち着かせるように、その歌からいったん距離をとり、後日改めて確かめる。まっさらな気持ちで歌に出会い直す。やっぱり、いい。歌が生まれた瞬間の、高揚感が再び静かに湧き上がる。立ち会う人は誰もいない。たった一人で、その歌の良さを嚙み締める喜びは、何にも代えがたい。

短歌をつくることは、短歌と契約を交わすことなのかもしれないと、近頃は思う。私は短歌の定型を信じる。私が信じると、短歌はその定型の力を貸してくれる。私は短歌の器に身を委ねることで、そこから見える景色を歌にしている。だから、短歌を好きかと問われると、好き、と言っていいのだろうかと戸惑う。短歌は私で、短歌は神様で、短歌はどこにもない。でも信じていたら姿を見せてくれる。

私が短歌をつくるのは、短歌が生まれたとわかる瞬間の強烈な気持ちよさが忘れられないからだ。いい歌に出会って、自分でも驚きたい。その自分の感覚のために短歌を書いている。短歌によって世の中を良くしたいとか、短歌で衝撃を与えたいとか、そういう感覚はほとんどない。つくるからには伝わってほしいとは思うけど、私がつくるのは、他人ではなく、私のためだ。私の快感のためなのだ。

記憶に残る歌、心に残る歌。いい歌はどちらかに当てはまる。なんだか気になっていつのまにか覚えてしまったフレーズは、じわじわと心の中に入り込んでいく。心に深く刺さった歌は、やがて忘れられないものになっていく。記憶から心へ。心から記憶へ。いずれにせよ歌をつくるということは、誰かの心の部屋に存在を入れ込むようなことでもある。そういう危ういことを、私はしている。

スピッツ

日本の4人組ロックバンド。1987年に結成、1991年メジャーデビュー。初めてオリコンチャートトップ10入りした楽曲は、1995年にリリースされた『ロビンソン』で、売上150万枚を超える。

https://spitz-web.com

生かされる町

いくつもの町が生かされ　そうじゃない　間違い重ね
Est-ce que je t'aime?

わからないことに安心できたこと明るい霊園広げて夜は

スノードームのように埃が輝いて踊っちゃおうよバニーの少女

さよならの声を忘れてしまっても歌えるシロツメクサの日記帳

ざらざらの世界のごみはきらめいて私も私のやりかたでいく

神様と歌ったものがなんなのかわかる気がした　箱の外まで

「わかる」と「わからない」のあいだで

朝になると日が昇ること。雨が降ると木々が濡れて、涼しくなること。夕焼けは赤いこと。そんな赤の中にも実はいろんな色があって、複雑なこと。夏のプールは光っていること。夜は暗くなり、晴れていれば星が見えること。月は満ちて、欠けること。水平線はこの目に見えても、決して近づくことはできないこと。世界を構成する、揺るぎようがないさまざまな要素。それらと同じくらいの強さと確かさで、私の世界にはスピッツが存在する。

彼らを初めて知ったのが小学生のころだったから、それだけ大きな存在になったのかもしれない。出会いは小学一年生の四月に遡る。入学して初めてのその朝会で、先生が『ロビンソン』を取り上げた。習字の先生が模造紙に歌詞を書いて、壇上で担当の先生が指さし、音楽の先生がピアノでそのフレーズを弾く。背が高い方だった私は列の後ろの方にいたけれど、大きく書かれた整った文字はよく見えた。先生の後について歌う。『ロビンソン』の歌詞が、初めてスピッツを聴く私の心にゆっくりと染み渡っていく。「ぎりぎりの三日月」ってなんだろう。すごく細い月のことだろうか。「三日月も僕を見てた」のところは、絵本みたいでなんだかわかる気がする。「ルララ」っておもしろいな。「宇宙の風」ってあるのかな。自分なりにスピッツの歌の世界を想像し、そのなかにどっぷりと浸かっていった。

スピッツの歌は心の秘密基地のようなものだ。童話や絵本のように心地よい小さな世界としてそこにあった。曲を聴いている間、〝誰もさわれない国〟があった。まだ幼く柔らかな私の心に染み込んだスピッツは、私がちゃんとした人間の形になる過程でいつもそばにいた。

音楽はときに、現実で立ち上がるための力をくれる。たとえば『チェリー』がそうだった。

一九九六年四月に発売し、ミリオンセラーとなった『チェリー』はスピッツの代表曲だ。ストリーミングサービスでの再生数は1億回を超えていて、この記録を持つJ－POP楽曲の中では最も古い。それくらい有名な曲だ。

お決まりの曲が流れたとき、「知っている」ということに意識が支配されてしまうことがあると思う。何も考えずにくちずさむことができる曲ほど、その歌詞の意味を深く味わい噛み締める行為は遠ざかっていく。だからたまに私は羨ましくなる。『チェリー』のリリース直後、一曲の歌として向き合うことができた人たちが。大ヒットソングは繰り返し街で流れて、みんなが聴いたことのある曲になる。大ヒットソングのラベルが貼られて、フレーズばかりが有名になる。そうなるとどうなるか。歌詞は「言葉」ではなく「音」に近づいていく。意味がわずかに置き去りになる。呪文とかお経みたいに、あるときを境に意味の方に近づけなくなる。私にとって、『チェリー』はまさにそんな立ち位置の曲になっていた。卒業式の定番曲だったこともあり、旅立ちや門出を応援する歌のイメージが染みついた。進学や転勤などの人生の節目で、多くの人と別れるときに聴く曲。そんな認識になっていた。

数年前、長く付き合っていた恋人とお別れをした。そばにいる時間が長かったから、それからの日々は相手の不在ばかりが目につき、痛みに押しつぶされそうになりながら生活をした。ある日、何気なく再生した『チェリー』に、私はなんだか違和感を覚えた。作業中だった手を止めて注意深く耳を澄ませた。何百回も、何千回も聴いてきたはずの曲なのに、初めて再生する曲のように聞こえたのだ。

これまで支えてくれたたった一人の大切な人との別れの曲として『チェリー』を

聴いたのは、それが初めてだったのかもしれない。そういう心持ちで聴くと、まったく違う景色が広がっていた。一番ハッとさせられたのは、サビだった。

「愛してる」の響きだけで強くなれる気がしたよ

「愛してる」は現在形で書かれている。一対一の関係で君から発せられた言葉。でも、過去の出来事なのだ。君が言ってくれた時間自体は過去だとしても、その響きは現在形のままでこの世界に在り続けている。愛してた、ではなく、愛してる。現在形で書くことで今まさに愛を告げられたように、一瞬が、永遠になっている。そうか。私だってそうなんだ。そのとき、閉じられていた小さな王国は、私の現実世界に染みだして、混ざり合った。私は愛を失ってしまったのではない。何にもかえがたい瞬間を得て、今もそれはここにある。大切に思い、大切に思ってくれた日々が過ぎ去り、たとえ花火のように消えてしまっても、花火が上がったことは確かにあった。私はその花火を、忘れずにいたい。喜びたい。

何度も繰り返し聴いた曲から初めての意味を受け取って、驚きのあまり、私は動けなくなっていた。歌詞の解釈に正解はない。けれどこのとき私は初めて『チェリー』で歌われていたことが何だったのか、わかった気がした。ゆっくりと目の前が開けて、明るくなるようだった。長い間お守りのように私のそばにいた曲の隠された意味にはじめて、手が、届いた気がした。

あの音楽朝会から、二十九年が経つ。夏のプールが眩しいことの確かさのように、二十九年間スピッツは私の大切な存在で居続けている。スピッツの古い曲を聴くと、小学生の自分と今の自分が繋がるような感覚がある。スピッツの言葉は簡単なのに難しく、わかるような気がするし、わからない。宇宙が生まれる前って、どういう状態だったんだろう。天国ってあるんだろうか。スピッツの歌の世界に浸ることは、そういう途方もないことを考えるときの感覚に似ていた。わからなさには不思議な心地よさがある。私はわからないということが嬉しかった。考えても考えても、答え合わせはやってこない。正解はないけれど、答えがたくさんある感じがよかったのだ。

A子さんの恋人

漫画作品。近藤聡乃著、KADOKAWA刊。2014年から、『ハルタ』（KADOKAWA）で連載。主人公のA子は、留学を機に恋人A太郎と別れようとするが、上手く縁を切れないまま渡米。留学先でA君という新しい恋人と付き合うが、別れをきりだせないまま帰国。漫画家であるA子は作品制作にも悩む。A子と友人たちが過ごす日々を描く、恋愛コメディ。

https://www.kadokawa.co.jp/product/321808000570/

遠泳と永遠

間違ってはぐれてくのに逸らせない話題のなかで突き刺す剣《つるぎ》

黒ひげが飛び出て跳ねる心臓の強ばりのまま　冷たい畳

もしもし　が懐かしくってもしもし　と二人言い合う　答えの前に

鏡像のきみが名前を取り戻す　もう進めるよ戻れなくても
さようなら　会わないことも手を放すこともたしかに愛であること

好きであることの不思議に笑い合う日々に光よ夏の麦茶よ

この先もきっとあなたを思い出す　そうでしょう?・きみも　高いところで

水平線はどんな心地

『A子さんの恋人』は、大人になりきれていない大人たちの恋愛と日常、人生を描く群像劇だ。主人公の優柔不断なえいこさん（作中では「A子」）。A子さんが日本で付き合っていた恋人のA太郎と、留学先で出会い、ニューヨークでA子の返事を待つ恋人のA君。この二人の間であれこれと悩み、問題を先延ばしし続けるA子さんのダメさ加減を面白がる、美術大学の同級生だった友人のK子やU子。以上の5人を中心とする、和気藹々《わきあいあい》としたライトなラブコメディ。そういう認識でニコニコしながら読み始めたはずなのに、物語は自分の人生や生き方を振り返りたくなるような深く鋭い言葉で溢れていて、気づけば眉間に皺が寄っている。そして、作中の出来事や発言について誰かと語らずにはいられなくなっている。一人じゃ抱えきれない！　と、もう何人に熱烈にプレゼンをして買ってもらったかわからない。

二人の恋人のどちらを選ぶのか。誰と、どうやって生きていくのか。『A子さんの恋人』について友人と語り合うとき、「A太郎とA君、どっち派？」という話題になりそうなものだが、「どっち派?」以上に語らなくてはならないシーンがありすぎるため、なかなかその話題に行き着けない。でももしも「どちらを選ぶ?」に答えるとしたら、私は「A太郎」と答えるだろう。

二人の違いをわかりやすく表現している言葉が作中にある。A君は懐の深い男。A太郎は懐に入り込む男。

A太郎はA子が美術大学で出会い、付き合い始めた恋人だ。人気者で、誰にでも好かれている。みんながA太郎のことを大好きで、A子さんはA太郎と付き合いながらも「全員に好かれるなんておかしい」「この人なんかおかしいんじゃないか?」と底の見えないA太郎を疑っている。実際にA太郎のような男の人がいたら好きになってはいけないと思う。だって、息をするように嘘は吐くし、常に女の子と遊んでいるし。それでも私がA太郎を選んでしまうのには訳がある。A子さんを見つめる彼の心の中に、かつての私に似た部分があったからだ。

黙々と努力を積み重ねる人になりたいと思ってきた。習慣化のメソッドの本が好きだし、クリエイターの一日の時間割を把握するのも好きだ。一日に何度も入浴や散歩をしつつ毎日二万字書く西尾維新に憧れるし、日々たんたんと執筆を進め、その後欠かさずランナーとして走る村上春樹にも憧れる。どうすれば執筆・制作に集中できるか、生活の工夫を聞くのが好きだ。

A子さんは、漫画家として働いている。一巻の第七回で、A子さんの平日の過ごし方をK子とU子に語る場面があるのだが、ここでさりげなく描かれているA子さんの生活が、すごい。ほとんど遊びがない。夜まで漫画を描いて、さほど夜更かしもせず眠る。だらだらしていない。翌日も描くために、生活を破綻させず、たんたんと為すべきことを続けている。けれども仕事だけではない。仕事の合間に買い物に行ったり、洗濯物を取り込んだり、お茶を飲んだりしている。そんなところもいい。それぞれに費やす時間がだいたい決まっている点も魅力的だ。日々の在り方を工夫した結果、辿り着いたスタイルなのだろう。A子さんにももちろん集中できない日はあるだろうし、理想の形として語っているのかもしれないけれど、地に足の着いた理想のスタイルを掲げられるのはすばらしいことだ。気を逸らすものは世の中にたくさんある。それでも自分にとって大切なことが何かわかっていて、それに集中する時間を持っている人が、私はかっこいいと思う。

寝食を投げ打って創作だけに没頭する人には、私はそこまで惹かれない。創作(制作)と生活は切っても切り離せないものだから。生活のなかで工夫して、走り続ける人に惹かれて憧れる。夢中になっている人はかっこいい。A子さん自身はどうすればいい原稿になるか、苦しさを抱えているとしても、真剣に向き合う人の姿や工夫は美しく見える。

恋愛におけるA子さんのダメなところが目立つ一方で、私はA子さんが「本物」であるさりげない描写に惹かれる。本作で一番好きなのは、A子さんだ。

この物語は一見恋愛の物語のようだけれど、実は創作と、それに向き合う自分自身の在り方の話でもある。創作への向き合い方は、A子さんの友人たちの間で「泳ぎ方」としてたとえられる。

すいすいと、難なく遠くまで泳いでいけるA子さん。A子さんはそのすごさも大変さも自覚していないけれど、周りの友達は彼女のすごさを知っている。それはA太郎もそうだった。ある一枚の絵がきっかけで、A太郎は彼女を好きになる。一緒にいたら自分もA子さんのようになれるかもしれない。A太郎にはそういう憧れの気持ちは間違いなくあっただろう。A太郎はA子さんの泳ぎに合わせて、一緒に遠くまで泳ごうと試みるけれど、それは上手くいかない。だんだん二人は、どうすれば二人でいられるのかがわからなくなってしまう。

Ａ太郎の気持ちが、同じようにＡ子さんに憧れる私にもわかるような気がした。たんたんと泳ぎ続けるＡ子さんに惹かれて、手を伸ばす。Ａ太郎はみんなが羨む特別な人物として描かれている一方で、彼自身にもコンプレックスがある。すごく魅力があるくせに、Ａ子さんが自分を好きでいることを信じられず、「君は僕のことそんなに好きじゃないからだよ」なんてひどいことまで言ってしまう。本当に才能のある人の前で、自分が本物ではないと理解してしまう、その気持ちがよくわかる。だからこそ、私はＡ太郎に気持ちを寄せて、Ａ太郎の幸せを願ってしまうのだ。

『Ａ子さんの恋人』を読み始めた頃と二〇二四年夏現在では、私自身の状況はかなり変化している。今の私は歌人としても働いていて、会社員と作家を兼業している。歌集を刊行し、文筆の仕事も増えてきた。創作に打ち込む人たちを遠くから眺めているだけだった私も、自分なりに泳ぎ始めている。生活の中に書くことを入れ込みたくて、いろんな作家の時間割を参考にした。Ａ子さんのタイムスケジュールをふせんに書いて、真似てみたこともある。たんたんと泳いで、遠くまで行ってしまう人に憧れるのは変わらない。でも私はそこまで上手に泳げていない。泳ぎに夢中になっているときも、たびたびあるけれど、それはいつもではない。泳いでいるうちに自分のフォームが変じゃないかなと気になったり、本当にこっちへ泳いで大丈夫だろうかと急に不安になって止まり、振り返ったりする。

本当は今ここにある、泳ぐことの気持ちよさを感じていたいのに。それが欲しくて泳いでいるのに。

本物になりたい。憧れて追いかける存在じゃなくて、自分が信じる美しいものに夢中になりたい。そんなことを思うとき、A子さんや、A太郎の姿が思い浮かぶ。

本物は、自分が本物かどうかきっと気にしない。人と自分を比べる時間よりも、目の前の創作に集中している。自分が本物かどうかよりも、書いているものが本物かどうか、自分の思う美しい形になっているかどうかだけを考える。

私もそうでありたい。いつかその境地に、辿り着いていたい。

おわりに

原稿を読み返していて、はっとした。
過去の私は、こんなことを考えていたのか、と。

人生は、螺旋階段のようだと思う。春、夏、秋、冬。繰り返す季節をもう何度も経験しているのに、新しい季節がきて、それが初めてかのように輝いて見える瞬間がある。生活もそう。繰り返す日々の中、以前は気づかなかったことにある日突然気づいたり、かつて感動したものが、今では当たり前になって色褪せて思えたり。螺旋階段を上るように同じ場所をぐるぐる回っていても、立つ位置の高さが変われば、見える景色はまったく異なるものになる。

この本に収められた短歌やエッセイを読み返していて、「懐かしい」と感じる自分に、驚いた。現在の私はもう、原稿を書いていた日々とはまた違う座標に立っている。

今、自分がどんな場所にいて、どんな高さにいるのか。そのときどきで、心に残るものは変化する。たとえ同じ作品に触れたとしても、私が変化していれば、そこには新しい気づきが生まれている。変わっていくことは、寂しいことかもしれない。でも、見える景色が変わったら、それはまた新しい短歌になる。新しい文章になる。

今しか作れない短歌を、今だからこそ作る。小さな変化を歌にしたり、文章にしたりする。それが、何より楽しい。

二〇二五年　二月　岡本真帆

初出

WEBサイト「マトグロッソ」イースト・プレス

第1回　PUI PUI モルカー　2022年12月1日
第2回　シン・ゴジラ　2022年12月22日
第3回　チェンソーマン　2023年1月12日
第4回　ハチミツとクローバー　2023年1月26日
第5回　女の園の星　2023年2月16日
第6回　RRR　2023年3月9日
第7回　グミ　2023年3月30日
第8回　花を買うこと　2023年4月27日
第9回　THE FIRST SLAM DUNK　2023年8月3日
第10回　ラッキードッグ　※書籍収録時、改題「犬」　2023年8月17日
第11回　スキップとローファー　2023年8月31日

ほか、書き下ろし

岡本真帆（おかもと・まほ）

歌人・作家。1989年生まれ。
高知県、四万十川のほとりで育つ。
2022年に第一歌集『水上バス浅草行き』、
2024年に第二歌集『あかるい花束』
（ともにナナロク社）を刊行。

落雷《らくらい》と祝福《しゅくふく》

「好《す》き」に生《い》かされる短歌《たんか》とエッセイ

2025年4月30日　第1刷発行

著者　岡本真帆
装幀　名久井直子
装画　塩川いづみ
発行者　宇都宮健太朗
発行所　朝日新聞出版
〒104-8011　東京都中央区築地5-3-2
電話 03-5541-8832(編集)　03-5540-7793(販売)
印刷製本　中央精版印刷株式会社

Published in Japan by Asahi Shimbun Publications Inc.
ISBN978-4-02-252049-4

JASRAC 出 2409783-401
NexTone　PB000055773号